騎士陥落

Hana Nishino
西野花

CHARADE BUNKO

Illustration

Ciel

CONTENTS

突如遭遇した敵の気配に、その場にいる誰もが騒然とした気配に沸き立った。

「副隊長、あれは」

動揺した部下の声に、シリル・カルスティンは静かに片手を挙げ、部隊の動揺を鎮《しず》める。

シリルのそんな仕草だけで、味方はたちまちのうちに平静を取り戻した。

「――どうやら、ずいぶんと厄介な存在に近づいてしまったようだ」

シリルはその秀麗な顔の中の整った眉《まゆ》を顰《ひそ》め、これから起こるであろう戦いの予感に表情を引き締めた。とはいっても、シリルは騎士団の中においていつも厳しい顔をしていたので、その表情の変化はわかりづらかったかもしれない。

あたりは霧《きり》が立ちこめていた。くわえて昨夜《ゆうべ》は雨が降っており、地面は水を吸って重くなり、馬や人の足音を消してしまう。

先ほど隊長の率いる班と分かれて、シリルたちは別動隊としてこのあたりを偵察していたのだ。

そんな中でシリルたちが出会った部隊は、勇猛といわれる蛮族の国の戦士たちだった。

シリルの国、ヨシュアーナは軍備拡張を進めており、その中で大陸の南方にある彼らの国とはいずれ事を構えなければならないものとされていた。

（だが、今当たるのは好ましくない）

彼らの軍も、このあたりを通過中だという情報は入ってきていた。シリルはできるだけ彼らとぶつからないよう、行軍の日程を慎重に決めていたのだが、本国から早急に帰還せよというお達しが出て、危険な地域を強引に突っきらざるを得なかったのだ。

前方の蛮族の国の部隊は、皆屈強な体格を持っていた。装備は軽装ではあるが、それは機動力を重視したためだろう。露出した肌の部分に刻まれた幾何学的な紋様は、彼らの勇気の証《あかし》だと聞いていた。

その中で一際目立つ男に、シリルの視線が吸い寄せられる。

陽に灼《や》けた褐色の肌に、金色の髪。それはまるで獅子《しし》のたてがみのような豪奢《ごうしゃ》さを醸し出していた。雄《おす》の魅力を前面に押し出した感のある、それでいて端整な顔立ちの中で、鋭い瞳《ひとみ》は揺るぎない自信と誇りをみなぎらせているように見えた。おそらくあの男が、この軍の将だろう。

（であれば、あの男はもしや）

現在の王の弟であり、軍事において比類なき才能を持つといわれ、『金獅子』と称される男だった。名は確か。

（ラフィア・マルク・ファルクか）

よりによって一番顔を合わせたくない相手だった。だが、会ってしまったものは仕方がない。

「ファルクの王弟殿下、ラフィア・マルク・ファルク殿とお見受けする」

「いかにも」

シリルの声に、男は薄い笑みを浮かべつつ答えた。

「貴国とは今は戦争状態にない。このまま剣を交えずに互いに引く道はないだろうか」

今ここで戦えば、互いに損害が出る。それは得策ではないと考えたシリルは、無駄と思いつつも提案を述べてみた。だが男はその口元に太い笑みを浮かべる。

「そちらはヨシュアーナの蒼騎士隊《あお》か。もしや、シリル・カルスティンであろうか。ヨシュアーナの『蒼き刃《やいば》』と謳《うた》われる」

その二つ名に、シリルはふと美しい顔を曇らせた。その戦績と戦う姿からそんなふうに呼ばれることもあるが、自分にはその呼び名は僭越《せんえつ》だと感じる。

「私はそのようなたいした者ではない」

「謙遜《けんそん》するな。ヨシュアーナは今破竹の勢いで大陸中に領土を拡《ひろ》げている。それは我々にとっても看過できることではないのでね。それに、蒼騎士隊の副隊長とは、一度剣を交えてみたかった」

そう言って男はすらりと剣を抜いた。太陽の光が刃に反射し、それ自体が刃物のようにぎらりと光る。

（やはり戦いは避けられないか）

このまま背を向けて敗走すれば、それは騎士の名折れとなる。シリルにはその道を選ぶことはできなかった。王国随一の騎士という称号が重く肩にのしかかっている。

「――――仕方あるまい」

シリルは腰から剣を抜き放った。

「かかれ！　だが深追いはするな」

それを合図にしたかのように、両者の間で緊迫した糸が切れ、それぞれが馬を走らせる。

あたりはたちまちのうちに混戦となった。

シリルは向けられる刃を一刀のもとに躱《かわ》し、返す剣で敵を斬《き》る。シリルに斬りかかってきた兵士たちはたちまち馬上から落ち、無力化していった。まるで後ろにも目があるかのように殺気に敏感に反応するシリルには、たとえ背後から斬りかかっても一撃を与えられない。

「こいつ……、こんななりをしていて……」

すらりとした体軀《たいく》を持ち、どちらかといえば細身であるシリルの、屈強な兵士をも圧倒する剣技に勇猛といわれる男たちもただ者ではないと気づいたようだった。

シリルは剣の血を払い、少しも息を乱さずに前を向いて言い放つ。

「無駄に命を捨てたいというのなら、私も容赦はしない」

「――――では、俺が相手になろう」

馬列がさっと割れ、その間から先ほどの男が姿を現した。ファルク軍の将、ラフィア。

「見事な腕だな。さすがは名だたる騎士というところか」

「――――」

この男は、他の兵士たちとは違う。シリルが斬り捨てた男たちも確かに並みの軍よりは強かったが、所詮《しょせん》シリルの敵ではなかった。

けれどこの男は違う。纏《まと》う覇気、目の鋭さ、色濃い雄の匂《にお》い、何もかもが。

シリルはひとつ息をつき、慎重に剣を構えた。普段感じたことのない緊張がシリルを包む。

この男は、強い。

対してラフィアは自然体で剣を握っていた。こちらを舐《な》めてかかっているような素振りもないが、気負いもない、そんな印象が逆に男の技量の高さを表しているようだった。

「――――いくぞ」

次の瞬間、ギィン、と重い剣戟《けんげき》がシリルの全身に襲いかかる。

「く……っ」

両腕が痺《しび》れるような感覚に、シリルは奥歯を噛《か》み締めた。

(なんて重い一撃だ)

だが、シリルは自分よりも膂力《りょりょく》のある相手との戦いはめずらしくはない。相手の剣筋をとっさにずらしてその威力を削ぐ。そしてすかさず反撃に転じた。

「おっ…と、速いな」

キン、と剣が跳ね返される。そうしてまた一撃が叩《たた》き込まれた。男にはまだ余裕がある。

(この男に勝つのは難しいかもしれない)

だが負けない。自分は負けることを許されてはいないのだ。

「どうした。顔色が悪いぞ」

「っ!」

顔のすぐ近くで剣が斬り結ばれる。火花が散りそうなそれに、奥歯を噛み締めて耐える。

男の野性味を帯びた端整な顔がすぐ近くにあった。

「――美しいな。騎士にしておくのがもったいない」

「な……」

まるで揶揄《やゆ》するような言葉に、シリルの頭にカアッと血がのぼる。

戦いの最中、侮蔑《ぶべつ》的なことを言われるのはよくあることだ。いつもの自分なら、気にもかけていないだろう。

だが、どうしてなのか、この時シリルは、男の言葉を流してはいけないような気がしたのだ。これを否定しなければ、自分の存在意義が危うくなる。そんな思いがシリルに騎士らしからぬ行動を取らせた。

「――痴《し》れ者が!」

シリルの足が、男の馬の横腹を蹴《け》る。すると馬は驚き、いななきながら前足を上げようとした。男のバランスが崩れ、嚙み合った剣が離れる。

今だ。

シリルの剣が、男の首を目がけて一閃《いっせん》した。

「――――！」

だがそれはすんでのところで弾《はじ》き返される。だが、微《かす》かに手応《てごた》えがあった。

「くっ……」

見れば男の顔面が血に染まっていた。シリルの刃の切っ先は、男の整った顔に傷をつけていたのだ。

だが男もとっさに反撃をする。岩をも砕かんばかりの力で剣を振り下ろされ、思わず受け止めた時、シリルの剣が折れた。

「ラフィア様！」

「殿下！」

周りのファルク軍の兵士たちが、次々と男のもとに駆け寄ってくる。あたりを囲まれたシリルは、改めて剣を構え直した。

「――――やめよ」

男の声があたりに響く。彼は手にした布で顔の半面を覆っていた。片目に浮かんだ光は少しも怯《ひる》んではおらず、逆に爛々《らんらん》としてシリルを捉《とら》えている。手傷を負わせたのは確かにこちらであるのに、シリルの背にぞくりと悪寒が走った。

「退《ひ》くぞ」

「――――は、はい！」

男の撤退指示により、兵士たちが次々と男の側《そば》へと駆け戻っていく。

「油断したな。手痛いしっぺ返しをくらった」

「………………」

「お前のことは覚えておくぞ――――。きっと、また会う時が来る」

その時まで生きていろ。

男はそう言って兵を退かせ、隊列を遠ざけた。

「追いますか」

「いや、よせ。深追いはするなと言ったはずだ。ファルク軍との戦闘は今回想定されていない。我々はこの戦いに勝利せよとの命令は受けていない」

いたずらに兵を消耗させるのは、シリルの望むところではなかった。手綱を引き、その場から立ち去ろうとすると、シリルは今になってぶるりと肩を震わせる。

（あの男――――。あんな男、今まで見たこともなかった）

鮮烈で不遜《ふそん》なその印象は、一瞬にしてシリルの記憶に焼きついていた。

次に会う時も、おそらくは敵同士だろう。その時は、いったいどんな戦いが待っているというのだろうか。

――どんな場面においても、ただ命令に従うのみ。

自分は王国に仕える騎士だ。この剣は、王にのみ捧《ささ》げられる。

シリルはそう自分に言い聞かせると、まだ高鳴る胸を抑えるようにして、いつもの自分に戻ろうと努めた。

二年後。

「開門────！」

壮麗な白亜の城の門が、かけ声と共に開き、その中を二十騎ほどの騎馬隊が整然と列をなしながら入城していく。深い蒼のマントに、金の縁飾りのついた黒い上衣、同じ色の下衣は膝《ひざ》の上までもがやはり黒いブーツに覆われていた。

隊列は王宮の正門の前でぴたりと止まり、衛兵が駆け寄ってくる。

「ご苦労様です！　無事のお戻り、お喜び申し上げます！」

「────ああ」

隊列の先頭にいた一人の青年がそれに答え、ひらりと馬上から飛び降りた。細身の姿が音もなく地に降り立ち、蒼いマントがふわりとそれに続く。

「蒼騎士隊、ただいま帰参した。陛下へのお取り次ぎを願いたい」

「は、しばらくお待ちください、シリル隊長。騎士隊の皆様は控えの間に」

シリルと呼ばれた青年は、軽く頷《うなず》くと、衛兵に続いて王宮の正門から入っていった。残りの騎士たちも次々と下馬するとそれに続く。

王宮の廊下を進むと、むせかえるような香りがシリルの鼻をついた。視線をちらとそちらに向けると、百本はあろうかという薔薇《ばら》が飾られてある。強い香りに、シリルは描いたように形のいい眉をそっと顰めた。

相変わらず、華美なことだ。

ここに来るたびにいつも思う。このヨシュアーノ公国は軍隊によって領土を拡大し、そのつど王宮は豪華になってゆく。けれどシリルの目には、それはただ豪奢なだけのかりそめの繁栄にしか見えない時があるのだ。

――何を馬鹿なことを。

シリルは軽く頭を振った。肩にかかるほどの黒髪が、さらりと音を立てそうに頬《ほお》にかかる。

やがて王のいる謁見《えっけん》の間へと続く扉の前に立ち、シリルは背後を振り返って言った。

「アシュレイ、エヴァンス、共に来てくれ。他の者は控えの間で待機するように」

「了解した」

「承知しました」

アシュレイは蒼騎士隊の隊長であるシリルの副官であり、騎士養成学校の同期でもあった。短い茶色の髪と、シリルよりも長身で骨太の身体《からだ》つきをしているが、清潔感があるせいか、それほどいかつく見えない。それは彼のどこか人なつっこい性格にあるのだろう。どちらかといえば人と打ち解けるのが苦手なシリルにとって、アシュレイの存在は養成学校の頃からどんなにか助けになったことだろう。

彼は大事な部下であり、そして親友だ。公務の時は序列を無視するわけにはいかないが、それを離れたところではアシュレイとは対等だと。そして彼もそうだと思っている。

エヴァンスは金髪の、やや童顔な青年だったが、彼は蒼騎士隊の一番隊の部隊長を務めている。やや熱血に走りがちなアシュレイに比べ、どこか飄々《ひょうひょう》としたところのある彼は、そのスマートな出《い》で立《た》ちで女性たちに大層人気があった。

シリルはそんな彼らを束《たば》ねる蒼騎士隊の隊長として気の抜けない日々を送っていたが、彼らは心強い、信頼に足る仲間だ。

「――蒼騎士隊、シリル・カルスティン、以下二名、参りました」

謁見の間の入り口でそう告げると、巨大な扉が重たげな音を立てて左右に開く。その隙間《すきま》からこの国の王であるバスカール五世の姿が見えた時、シリルの身に軽い緊張が走った。

ヨシュアーナ国王バスカール五世は、その代になって急激に領土を拡大しだした、武人の王である。

身の丈はそれほど大柄でもないが、齢《よわい》五十を過ぎたとは思えぬほどに精気に満ち溢《あふ》れ、鋭い眼差《まなざ》しは、周りを威圧するのに充分な覇気を放っている。

「戻ったか」

低い声が玉座から響いた。シリルは背後のアシュレイとエヴァンスを従えて前に進む。後ろの二人からも、緊張しているような気配が漂ってきた。いつもはシリルを囲んで二人で軽口を言い合ってはいるが、やはりこの王の前ではおとなしくならざるを得ない。

「西のスミアの鎮圧任務、滞りなくすみましてございます」

シリルたちが先日まで携わっていた任務は、二年ほど前に新たに領地にしたファナン自治区での暴動のためだった。それまで独立国だったファナンを、豊富な鉱物が出る鉱山を目当てに兵を出し領地としたが、今は自治を認めている。

ところがそのファナンで暴動が起きていると報告があったのは二ヶ月ほど前だった。

「首謀者の男を説得しようと試みましたが、激しい抵抗に遭ったため、やむなく――――」

頭を下げたままそう口にするシリルの表情に、ふと沈鬱《ちんうつ》な影が走る。だが、シリルはそれを自ら消し去った。

自分はヨシュアーナの誇り高い騎士だ。役目のためとあれば、どんなことでも厭《いと》わない。

「よい」

バスカールは、それにはたいして興味もなさそうに答える。

「スミアめ。せっかく自治を与えてやったというのに、税が高いなどと不満を漏らしおって。いい見せしめになったことだろう」

「……は」

シリルは恭順の意を示す。バスカールはそれに満足したのか、シリルたちに対し、顔を上げよ、と尊大に言い放った。

　ゆっくりと顔を上げると、玉座に深く腰掛けたバスカールの姿が目に入る。この王は、即位以来いったいいくつの国を戦火に巻き込んできたのだろう。

「シリルよ。そちは、年はいくつだ」

「二十三でございます」

「その若さでヨシュアーナ国の精鋭といわれる蒼騎士隊の隊長まで務めるその実力。今回の鎮圧任務での働きも見事だったというではないか。まったくたいしたものだ」

「もったいなきお言葉。なれどそれは、私の部下に賜《たまわ》っておきまする。任務成功は彼らの助けがあってこそ。特に、このアシュレイとエヴァンスは、よく私を助けてくれております」

「ほう」

　バスカールはシリルの後ろの二人を一瞥《いちべつ》した。二人は揃《そろ》って頭を下げる。

「そなたたちは、同じ養成学校の出身だったな」

「はい」

「なるほど。それは心強かろう。が、アシュレイのほう」

「は」

　急に話を振られ、アシュレイは慌てて返事をした。

「そちはこのシリルと同期であったというではないか。そなたも早い出世だが、同期に先を越されて、悔しい思いをしたであろう？」

「――――」

意地の悪い質問だ。

シリルにとってアシュレイは、頼りになる部下で気の置けない親友だ。彼のことを見下したことなど一度もない。騎士にとって主人とは国の王のことであり、同じ騎士団の中にはない。それが騎士というものだ。

アシュレイは一瞬の戸惑いを見せたが、やがて彼の性格そのままに、快活に答えた。

「いいえ。カルスティン隊長は上に立つ器、剣技、家柄においてすべて私を上回ります。そして隊長には、人を引きつける才がおありです。これは努力ではどうにもならないものです」

「ふむ、カリスマというやつか」

「はい。カルスティン隊長は、我が蒼騎士隊のみならず、人望の厚さは騎士団の中においても誰にもひけを取りません。そんな隊長の下で働けることを、誇りに思っております」

持ち上げすぎだ。シリルは思わず頬を朱に染める。

「そちはどうだ。エヴァンス」

「はい。私もアシュレイ副隊長と同じ意見です。強く美しいカルスティン隊長は、この国を守る騎士団の星と言っても過言ではありません」

「なるほど。確かにシリルは美しい。騎士にしておくには少々惜しいほどだ」

「いえ、そのような」

シリルは恥じ入って否定した。シリルには姉がいたが、その美貌《びぼう》により王の寵姫《ちょうき》となっていた。その弟であるシリルも、艶《つや》やかな黒髪と紫色の瞳、陽に灼けない質《たち》の白い肌、そしてどこか玲瓏《れいろう》とした、禁欲的な印象を持っていた。だが姿の美しさなど騎士には不要だ。見苦しくない程度の見目があればそれでいい。シリルは自分の容姿を褒められても、あまり嬉《うれ》しくはなかった。それよりも剣の腕が上がるほうがよほど好ましい。

「謙遜するな。そちの美貌は姉をも上回ると思っているぞ。まったく、そちが女だったらな、シリル――――」

王の視線が一瞬好色なものに変わり、シリルは思わずゾクリとした。バスカールには男色の嗜好《しこう》はない。だが、今のは本当にシリルが男なのが惜しいと思っている様子らしかった。

「陛下のご要望には、この剣でお応《こた》えしたいと思っております」

「殊勝なことを言うではないか。それなら、新たな任務にも喜んで臨んでくれそうだな」

シリルは目線を上げてバスカールを見る。

「……と申しますと？」

バスカールは口の端を上げ、もったいぶるように玉座に背を預けた。

「ファルクだ。あの肥沃《ひよく》な土地が欲しい」

「――ファルク、ですと」

思わず聞き返すシリルに、バスカールは大きく頷いてみせる。

「そうだ。ファルクは大きな港を持ち、交易も盛んだ。そして作物もよく育つ。大きな鉱山もいくつもある。あれを我が領地とすることができたなら、ヨシュアーナはさらに栄えるだろう」

「……しかし、ファルクは蛮族の国だと聞いております。兵士も強い。あの者たちが、おとなしく我が国の統治を受けるでしょうか」

ファルクは大陸の南に位置し、大きな入江を持っていた。漁業も盛んで、その交易は莫大な利益を生んでいるという。他の国に攻め入ったりはしないが、仕掛けられれば徹底的に応戦し、全滅するまでその手を緩めないと聞いている。そのため独自の文化を持つその国は、ヨシュアーナでは蛮族の国と呼ばれていた。

「蒼騎士隊は、ファルクの者と戦ったことがあるそうだな」

「……はい」

シリルは慎重に肯定する。

「どうであった」

「個々の兵士の能力が、非常に高いと思いました。体格も頑強で、そもそもの素質があるかと。ですが、どちらかといえば力押しで戦う軍隊であり、あまり策を弄《ろう》した戦いはしないという印象です」

「なるほど。力まかせとはいかにも蛮族らしい」

蔑《さげす》んだように笑うバスカールの声を聞きながら、シリルはかつて戦ったファルクの軍を思い返していた。

あれは二年前、シリルがまだ副隊長だった頃の話だ。南の国境へ遠征中、偶然ファルクの軍と遭遇し、そのまま交戦となったことがある。彼らは単純に強かった。南国で鍛えられた浅黒い体躯は、まるで黒い獣のようにシリルには見えた。

その中で、シリルはある一人の男と戦った。陽に灼けた肌に、金色の髪を持つファルクの戦士。対峙《たいじ》した瞬間に、震えるほどの圧倒的な覇気を感じたのを覚えている。あんな感覚は、十三の初陣《ういじん》以来、それまでに一度もなかった。

だが勝負は結局つかなかった。シリルは男に手傷を負わせたが、こちらも剣を折られた。

あの男、確か名は。

「蒼騎士隊隊長、シリル・カルスティンに命ずる」

記憶を探っていたところにふとバスカールの圧するような声が聞こえ、シリルはハッと顔を上げる。

「蒼騎士隊を率いて、ファルクの戦線を偵察せよ。可能であればそのまま侵攻。早馬を出し、援軍を要請せよ」

「――お待ちくださいませ。蒼騎士隊だけで侵攻でございますか――――?」

蒼騎士隊は少数精鋭の部隊だ。その数はすべてを合わせても五十名に満たない。それで強国ファルクに攻め入るのは、あまりに無茶だ。

「心配には及ばない。今回蒼騎士隊に課すのは、あくまで偵察だ」

「では、無理に戦闘に及ぶ必要はないと……?」

「うむ。侵攻しろと言ったのは、あくまで可能であれば、の話だ。なんといっても、そちは優秀だという話だからな、シリル」

どこか皮肉めいた口調に、シリルは視線を逸《そ》らす。

「出立《しゅったつ》は二週間後だ。それまでよく休養し、鋭気を養うがよい」

「――はっ」

王国に仕える騎士が、勅命《ちょくめい》に逆らえるわけがなかった。シリルたちは拝命したことを示すように一礼し、その忠誠を表すのみだった。

「やれやれ。帰ってきたと思ったら二週間後にはまた遠征か」

「まあ、でも今回は偵察が主だっていうから、まだいいじゃないですか」

アシュレイがぼやく横で、エヴァンスが窘《たしな》める。見慣れたいつもの構図だった。そしてその間で一人難しい顔をして考え込むシリルも、いつもの光景だ。

「――――お勤め、ご苦労様でございました。シリル様、エヴァンス様、アシュレイ様」

穏やかな老執事の声に振り向いたアシュレイが明るい声を上げる。

「ところが、すぐにまた出立だ。マークス」

「おお、それはそれは。大変でございますな」

中身の減った銀のポットを下げ、マークスは新しく持ってきたポットから三人のカップに紅茶を注ぐ。真っ先にシリルのカップを、紅《あか》い液体が満たしていった。

三人は王宮を辞した後、一番近いアシュレイの屋敷を訪ねている。これももう何度も繰り返されたことで、自分たちはいつもここで作戦の相談や任務の愚痴を言い合っていた。他の隊員たちはよく城下の酒場に繰り出していっているが、なにせシリルは有名人の上に人気者であるので、誰の耳と目があるかわからない。そんな場所では任務のことなど話せるわけがなかった。

「ありがとう、マークス」

礼を言うシリルに、執事は穏やかな微笑を浮かべた。

「シリル様は今回もご活躍と伺いました。我が国の騎士の誇りですな」

「そんなことはない。皆がよく働いてくれたおかげだ。私一人では何もできない」

「ご謙遜を。シリル様は騎士の中の騎士だと、誰もが思っております。武勇に優れ、お人柄もよく、部下の信頼も厚いと」

アシュレイの家の執事がよどみなくシリルへの賛辞を並べてるのを聞いていると、だんだん息が苦しくなってくる。

（――――ちがう）

自分の中で、それを否定する声が頭の中に響いた。

（俺はそんなできた人間じゃない）

それでもシリルは、口元に微苦笑を浮かべて、その静かな表情を決して崩すことはない。

それが自分に求められていることだと、知っているからだ。

「おいおいマークス。そのへんにしとけよ。シリルが困っているじゃないか」

アシュレイの呆《あき》れたような声がして、半ば崇拝の表情だったマークスを黙らせる。

「これはこれは。失礼をば」

「まったく、誰が主人なんだかわからないな」

うちの奴はみんなシリルの虜《とりこ》だ、と肩を竦《すく》めるアシュレイに、エヴァンスが茶々を入れた。

「それは仕方がないんじゃないでしょうか。アシュレイ副隊長は、剣技こそシリル隊長に次いでお強いですが、素行のほうはいまひとつ――――」

「お、おい、お前、よけいなこと言うなよ」

アシュレイが慌ててエヴァンスの口を塞《ふさ》ぐ。だがマークスはそれを聞き逃さなかった。

「アシュレイ様。まさかドワーズ家の恥になるような振る舞いをいたしてはおりませんでしような」

「そんなことするわけないだろう！　俺はシリルの副官だぜ。その役目は隊長を補佐し支えることだ」

「で、あればよろしいのですが」

「決まってるだろうが。ほら、用がすんだら外してくれ。今大事な話の最中なんだ」

「これは失礼をば。ではシリル様、エヴァンス様。どうぞごゆっくり」

マークスは恭《うやうや》しく頭を下げる。

「ありがとう、マークス」

「先輩のことはまかせておいてください、マークスさん」

「だからエヴァンス、お前なあ……」

心に重しをのせられた状態でも、この二人のやりとりを見ているとくすりと笑みが零《こぼ》れた。

「――シリル？」

アシュレイに呼ばれて、シリルは顔を上げた。親友の気遣わしげな目が自分を見ている。

「どうした？　さっきから浮かない顔だな」

「ああ、いや――」

まさか言えるはずもなかった。次の任務に気が進まないなどと。隊長がそんなことを口にしては、隊の士気にも影響する。それは個人的に親しい彼らといえど変わりはなかった。

「悪いな、マークスはお前のファンなんだよ。しょっちゅうシリル様を見習えって俺も言われている。気を悪くするな」

「いや、そうじゃない。だがあんなに持ち上げられると、いささか面はゆいな」

「何言ってるんですか。全部本当のことなんですから、堂々としていればいいんですよ」

アシュレイとエヴァンスは、シリルのことを崇拝しているわけではないが、程度の差こそあれ、やはり優秀一辺倒な人間だと思っているフシがある。

だがそれも仕方ない。彼らに本音を見せてこなかった自分にも原因はあるのだろう。

そもそも『本当の自分』とはなんなのだろう、と、シリルはいつもそこでひっかかってしまう。

国が誇る騎士。強く清廉《せいれん》で一片の曇りもない、騎士団の英雄。

騎士になって夢中で任務をこなしていくうちに、シリルにはいつの間にかそんな評価がついて回るようになっていた。

民が自分を見る時の、先ほどのマークスのような、憧憬《どうけい》と陶酔に満ちた視線。それを否定してしまえば、皆はきっと失望し、がっかりしてしまうだろう。

期待を裏切りたくない。それはシリルの弱さともいえた。自分は自分なのだと、胸を張っていられたら──。

「今度の作戦のことが、少々気がかりでな」

「ファルクへの偵察か。南のアディルを抜けていかないといけないな」

「少なく見積もって、だいたい二ヶ月ほどの行軍ですかね」

国王バスカールが欲しているファルクは大陸の南に位置し、そこに行くにはアディル王国を越えなくてはならない。アディルは数年前にヨシュアーナが事実上支配した国だ。現在アディルの要職には、ヨシュアーナの者がずいぶん派遣されていっている。

「アディルで戦闘が起こることはないでしょうから、さほど難しい行軍ではないんじゃないですか?」

「ああ、だが、何が起こるかわからん。充分注意していかなければ」

「お前は相変わらず心配性だな」

シリルが硬い表情を崩さずに言うと、アシュレイが笑いながらカップを口元に運ぶ。

「大丈夫だよ。何かあったって、俺たちが負けるはずがない」

「そうですよ。そこは信じてください、シリル隊長」

「ああ、そうだな。蒼騎士隊は強い。たとえ屈強といわれるファルクの兵を相手取っても、決してやられはしないだろう。──あの時のように」

以前戦ったファルクの兵のことを、シリルは思い出していた。

褐色の肌。隆起する筋肉。そして、獣のたてがみのような、あの金色の――――。

「……そういえば、ファルクはおおらかな国だって聞いてますけど、本当なんですかね。あっちのほうの話で」

「ん？」

エヴァンスが、ふいに声を潜《ひそ》め、悪巧みをするような表情で言う。童顔な彼がそんな表情をすると急に男臭い印象が増したが、シリルはその意味を計りかねた。

「おおらか、とは？」

「鈍いな、シリル」

アシュレイまでもがそんなふうに茶化す。シリルは形のいい眉を寄せ、彼らにつられるように自分も声を潜めた。

「なんのことだ」

「要するに、奔放《ほんぽう》だってことですよ。なんでも、同性同士だってさほどめずらしくはないらしいですよ。それに、古くから伝わる性の指南書みたいな本もたくさんあるとか――――」

「俺は、性具の類《たぐ》いも、この国とは比べものにならないくらいあると聞いたぞ」

「――――っ」

ようやく彼らの言っていることがわかって、シリルの頬が思わず熱くなる。

「な…っ、何を」

シリルはこれまでに誰かと褥《しとね》を共にしたことがなかった。女とも、男ともだ。もっとも、このヨシュアーナでは、同性と関係を持つことは禁忌だとされている。男ばかりの軍隊の中ではそういったことも耳にすることもあるが、シリルはそれらを嫌悪していた。生々しい人間の欲望は、できれば目にしたくない。たとえそれが自分のものでもだ。

「シリルは相変わらず堅いな」

「何を言う。我々は勅命によりファルクに偵察に赴くのだぞ。そんなことを調べるためにじゃない」

「いずれ占領するつもりなら、その国の文化だって知っておいてもいいんじゃないですか？」

「必要ない。そんなことは、我が国の統治に関係ない」

シリルが頑《かたく》なに首を振ると、アシュレイとエヴァンスは互いに顔を見合わせ、やれやれと言いたげに肩を竦める。

「お前、結婚の話だって出ているんだろう？　そんな潔癖で大丈夫か？」

「えっ、そうなんですか？」

「アシュレイ、それは内密にと――」

驚くエヴァンスの前で﨟長《ろうた》けた顔をしかめながらアシュレイを窘めるシリルだったが、彼は真面目《まじめ》な顔で首を振った。

「エルモス伯爵家のローズマリー嬢だろう？　親の決めた縁談とはいえ、あんな可愛《かわい》い子と結婚できるなんてラッキーじゃないか。大事にしてやったほうがいいぞ」

「まるで俺が婚約者に対し冷淡みたいな言いぐさだな」

シリルがため息をつくと、アシュレイはたたみかけるように言う。

「同じようなもんだろう。その分じゃ、お前彼女の手すら握ってないな」

「婚姻はまだ先だ。そんなことはする必要がない」

「ああ……、なんか、伯爵令嬢に同情してしまいますね……」

エヴァンスがぼやくように口を挟んだので、シリルの旗色はますます悪くなるばかりだ。

ごまかすように口元に手を当てて咳払《せきばら》いしたシリルは、呆れ顔の二人を睨《にら》むように見返す。

「とにかく。俺のことはこの際関係ないぞ」

「まったく、これじゃ色男の無駄遣いってもんだな」

「ですねえ」

「あっ…、それとも、あれか？　シリル、おまえあっちのほうか？」

「なんだ」

いったい何を言い出すのだと、半ばうんざりしながらアシュレイに顔を向けた時だった。

「女よりも、男のほうがいいとか――――？」

「馬鹿なことを言うな」

「男がいいなら、なんなら俺が練習台になってやってもいいぜ。お前ならそこらの女よりも綺麗《きれい》だし」

「はあ？」

シリルはめずらしく声を荒らげかける。言うに事欠いて、何を言い出すのだ。この同輩の男はいい奴だし副官として頼りになるが、時々その思考についていけない。

「先輩、調子に乗りすぎですよ。シリル隊長怒っちゃいます」

エヴァンスがすかさずフォローを入れたので、アシュレイは自分の失言に気づいたようだった。

「っと……、悪い悪い、冗談だ」

「当たり前だ、まったく……」

シリルは冷めかけた紅茶を一気にあおる。どういうわけか喉《のど》が渇いていて、その温度はむしろちょうどよかった。

「まあ、とにかく、次の遠征から戻ったら少し考えたほうがいいぜ。いずれ夫婦になるんだ。お前がそんな石頭じゃ、ローズマリー嬢が可哀想《かわいそう》だろ」

「別に石頭なつもりではないんだがな……」

シリルは深いため息をつく。自分の結婚については、特に深い感慨はなかった。誰かと恋愛したいとも思わない。ましてや、情を通じるなどと――。

その時、身体の内側に、チリ、と何か熱のようなものが走った。けれどそれはすぐに隠れてしまい、シリルはそれを気に留めることもなかった。


シリルの邸宅は、城下の中心より少し離れた場所にある。街の賑《にぎ》わいも届かない、静かな佇《たたず》まいをしていた。その屋敷は代々の先祖から受け継がれた、古くて重厚な造りである。

「ただいま戻りました」

「まあシリル。待ちかねましたよ」

出迎えたのは母のクラリスだった。四十代半ばの彼女は、十八の時にこのカルスティン家に嫁いできて、二十三の時にシリルを産んだ。一筋の乱れもなくきっちりと結い上げた髪が、母の生真面目《きまじめ》さを表している。

「遅かったのですね」

「アシュレイたちと、次の任務の件について話し合っておりました。また二週間後には遠征です」

「そうですか。忙しいのはいいことです。陛下のため、国のためにしっかりと働くのですよ」

「はい、母上。心得ております」

シリルはこの家における唯一の男子だった。上には姉がいるが、もう嫁いでいる。カルスティン家は代々王国に仕える騎士を輩出している家系で、シリルもまた、生まれた時から騎士となり、家を継ぐ運命を背負っていた。父は五年ほど前に戦地で亡くなっている。シリルは十八にしてカルスティン家の歴史を背負った。

「あなたはこのカルスティン家の当主。代々の騎士の名を汚さぬよう、よく励みなさい」

「はい」

シリルはこの母に幼い頃からそれは厳しく躾《しつ》けられた。武門の家は多かれ少なかれどこも似たようなものだが、クラリスはある種の偏執的な信念を持ってシリルを育てた。

その原因は、シリルの祖母にある。

姉を産んでから男児を待ち望んでいた祖母は、母を事あるごとに跡継ぎを産めないのかとなじったらしい。そのおかげでシリルは、物心ついた時にはもう、剣の稽古《けいこ》を始めていた。

その鍛錬は厳しく、一時は高熱があっても修練を休むことを許さなかったほどだった。そして学問のほうも手を抜くことをよしとせず、少しでも成績が落ちれば鞭《むち》で叩かれた。

シリルはそんなふうにして、必死で母の望む騎士にならんとした。休日も気を緩めることなく、必要以上に己を律して。

「そうそう、あなたが帰ってくると聞いて、ローズマリー嬢が応接間で待っていますよ。早く行ってあげなさい」

「わかりました。母上」

彼女との縁談にも、シリルの意思など入ってはいない。だが、別に誰でも構いはしなかった。自分の結婚がこの家のためになるのならそれでいい。シリルは、そしておそらく母もまた、カルスティン家の礎《いしずえ》となるべき道具なのだ。

シリルが応接室の扉を開けると、奥に薄紫色のドレスを着た亜麻色の髪の女性が座っているのが見えた。彼女はこちらを見ると、その表情をぱっと輝かせ、椅子《いす》から立ち上がる。

「シリル様！」

「お待たせしてしまってすまない、ローズマリー」

シリルは微笑《ほほえ》みを浮かべて彼女の名を呼ぶ。別に笑いたくはなかった。ただ、こうすると微笑みを向けた者が喜ぶのだ。

「いいえ、お忙しくていらっしゃるのだもの。構いませんわ。私こそ、いきなり訪ねてきてしまって――――。クラリス様にお聞きしたものですから」

「母があなたをここに？」

「え、ええ」

わずかに口籠《くちご》もり、シリルから目線を逸らすローズマリーの態度で、母クラリスが彼女をここに呼びつけたのだと知る。おそらくカルスティン家に嫁ぐものとして、母から様々な

『指導』を受けているのだろう。祖母が母にしたように。そうして彼女もまた、いつかは自分の息子に嫁ぐ女に、同じことをするのだろうか。

そう思った時、シリルは軽い目眩《めまい》を覚えた。視界がぐにゃぐにゃと揺れ、目の前の像がでたらめな形になる。息ができない。自分は今、どこに立っているのだろう。

「シリル様？」

ローズマリーの声に、シリルはハッと我に返った。目の前には心配そうにのぞき込んでいる気弱そうな女の顔がある。どこにも異常はなかった。

「お疲れになっていらっしゃるのでは」

「いや、大丈夫だ」

息苦しさはまだ残っていたが、視界は元に戻っていた。

(なんだ、今のは)

まるでこの場所にいることを、自分自身が拒んでいるような感覚。

(俺は、俺であることを拒否しているというのか――――？)

「しばらくは、ゆっくりできますの？」

だがローズマリーの声がそれ以上の思考をシリルに許さなかった。シリルはさりげない手つきで額に滲《にじ》んだ汗を拭《ぬぐ》うと、今にも自分に身を寄せんばかりのローズマリーからさりげなく距離を取る。

「いや、すぐにまた任務がある。今度はおそらく、少し長い」

国をまたいでの遠征だ。おそらく二ヶ月はかかるだろう。今頃は連絡を受けた補給部隊が、馬の交換や荷馬車への積み込みなどで目を回しているのが予想された。

「そんな――」

ローズマリーがそれを聞いて抗議するような声を上げる。シリルが彼女に視線を向けると、ローズマリーは両手で口を覆い、その細い肩を竦めた。

「失礼しました。でも、あまりお会いできる機会がないので、少し寂しく思ってしまいましたの――」

「……すまない。任務なのだ」

「ええ、わかっております。わかっていますの……」

ローズマリーは消え入るように繰り返し、しばらくためらうような素振りを見せる。

次の瞬間、シリルの胸に、あたたかく柔らかいものが飛び込んできた。

「……ローズマリー⁉」

「ごめんなさい、シリル様。でも、私、私、はやくあなたの――」

こどもがほしいの。

媚《こ》びを含んだ、ねっとりとした声。およそ、その楚々《そそ》とした外見からは考えられないような仕草だった。

きっと他の男、そう、しきりに羨《うらや》ましがっていたアシュレイあたりだったなら、うら若き乙女《おとめ》の、おそらく決死の行動にその情欲をかき立てられていただろう。

壊れてしまいそうな頼りない肩、鼻をくすぐる香水の匂い、血のあたたかさを感じさせる体温。

それらに対しシリルが感じたのは、肌が粟立《あわだ》つほどの嫌悪だった。

「――――っ」

「あっ」

突然シリルの胸から引き剝《は》がされたローズマリーは、驚いたような声を上げてこちらを見上げている。拒絶された、と感じたのか、その瞳にみるみる涙が盛り上がった。

「……すまない、ローズマリー」

ひどいことをしていると思う。だが、今のシリルは喉元までこみ上げる吐き気を必死で堪《こら》えているような状態だった。彼女の顔を見ることすらできない。

「……シリル様は、私がお嫌いですか」

「いや、違う……」

そう答えることすら苦痛を伴った。同時にシリルの身に焦燥が走る。自分は彼女と子供を作らねばならないのに、こんなことでは務めを果たせない。

カルスティン家の当主として、失格になる。

そんな思いに突き動かされ、どうにか彼女の肢体を抱き締めようと努力したが、シリルの両腕はそれ以上ぴくりとも動かなかった。

「違うが……。すまない、ローズマリー。私は君の願いを、今は叶《かな》えてやれそうにない」

ローズマリーは目に涙を溜《た》めたまま、黙ってシリルを見つめていた。自分は彼女に恥をかかせたのだ。謝ってすむ問題ではない。

「――わかりました。今日は帰ります」

彼女は目元の涙を拭うと、シリルに小さく一礼をし、早足で横を通り過ぎていった。背後の扉が閉まった音が聞こえると、シリルの身にどっと疲れが走る。

「……どうしたんだ、俺は」

額に手を当て、シリルは低く呟《つぶや》いた。

今までちゃんとやってきたじゃないか。騎士としても、カルスティン家の当主としても。だからきっと、この先もうまくやっていけるはずだ。

こんな齟齬《そご》は、なんでもない。

些細《ささい》な綻《ほころ》びなど見ない振りをしながら、シリルは誰もいない応接間で、長い間途方に暮れたように立ちつくしていた。

「蒼騎士隊、ファルクへ向けて出発する。――――進め！」

シリルの高らかな号令が青い空に響き、同じ色の隊旗が宙に翻った。それと同時に、約五十騎の馬が城門から整然と隊列をなして進む。その先頭にはシリルの姿があった。すぐ右後ろにはアシュレイ、左後ろにはエヴァンスの姿がある。

シリルはこの作戦に気乗りしていなかったが、決まってしまったものは仕方がないと気持ちを切り替えた。王国の騎士である以上、王の命令は絶対なのである。かくなる上は、きちんと務めを果たすしかない。

「ファルクの奴らと戦えるかな」

背後のアシュレイの声に、シリルは前を向いたまま答えた。

「今回は偵察が主だ。無駄な戦闘はしない」

「けど、状況を見て、ってことでしょう？　その可能性はあるんじゃないですか？」

エヴァンスもまた、その顔に似合わない好戦的な台詞《せりふ》を呟く。シリルは息をついて、自分の背後を見た。

「戦いたいのか」

「そりゃあ、自分の腕を試したいだろう。強い戦士と聞いたら、剣を交えてみたいさ」

「俺もです。強い相手とか、ぞくぞくしますね」

彼らは根っからの剣士なのだろう。王のため、というよりは、命のやりとりをすることを純粋に楽しんでいるようだった。それは何もこの二人だけではない。剣にその魂をかけるという人間は、この隊に多い。蒼騎士隊が精鋭揃いということを考えれば、それは当たり前のように思えた。

(俺はどうなのだろう)

戦いに喜びを見いだしているのか、と思うと、多分そうなのだろう。幼い頃から厳しい修練を積んで身につけた剣技の成果が目に見えるのは嬉しい。子供の頃から天才だと言われていたが、それが気の遠くなるような反復稽古のおかげだと知っている者は少なかった。

自分はただ、目の前の役目を果たすだけだ。それがきちんとできたと感じられた時は、やはり喜びを感じる。それがあるから、この役目にしがみついているのかもしれない。

ともかく、今回の任務は地味ではあるが重要なものだ。ファルクを攻めるのは気が進まなかったが、それが命令であれば従うまでだ。

(無事に果たせればいいが)

馬の背に揺られながら、シリルはどこか胸騒ぎを感じていた。無理のある任務の責任を背負う重圧からだと思おうとしたが、それとは違う、何か別の、あやしい予感がする。それは恐ろしくもあり、同時に、どこかひどく待ち遠しいもののような気がした。幾多の戦場を駆け抜け、勘が研ぎ澄まされたシリルだったが、それは今までに知らない感覚だった。

異変は、進軍から十日ほど経《た》った夜に起こった。

部隊はアディル国内に入り、シリルたちは二日目の投宿地である小さな宿場町に到着した。質素な宿屋は部隊の人間で貸し切りになっていて、宿の主人は支配国の騎士団の部隊に卑屈なほど丁寧に応対してくれた。アディルは大勢の兵や民間人をヨシュアーナの軍に殺されている。バスカールの名は恐ろしいものとしてこの国に響いていて、逆らえばどんな目に遭うかわからない、と思っているのだろう。シリルは別段この宿で我が物顔に振る舞おうなどと思ってはいなかったが、それは占領された国の人間からすれば信じられないだろう。

おどおどと頭を下げる宿の主人から鍵を受け取り、シリルは夕食をすませた後はさっさと自分の部屋に入ってしまった。

湯を使い、身を清めた後、ベッドに横になって薄暗い天井を眺める。ヨシュアーナからはもうずいぶん離れた。あと少しで、ファルクの国境近くに到達する。その後はファルクの兵力がどれだけのものなのかを偵察し、その情報を持ってヨシュアーナに帰還するのだ。

国に帰ったら、今度こそ結婚させられるだろうか。

うつらうつらしながらそんなことをふと考えたシリルは、帰りたくないな、などと思ってしまう。

なぜだ。あの結婚が不満なのか。ローズマリーは気立てもいい、可愛らしい女性だ。相手に不満があるわけではない。

ただ、彼女のぬくもりと柔らかさを、受け入れられない、と感じてしまった。

なぜだ――――。やり方なら知っている。あのドレスを剝いで、抱き締めて、己を埋《う》め込んでしまえばいいだけ。

他の男は皆やっていることだ。何につけ優秀だと称《たた》えられていた自分にできないはずがない。

その行為に激しく気乗りをしていない自分がいることを、シリルは認めざるを得なかった。

(では、どうすればいいのだろう？)

自分が求めているのは多分違う。もっと別の。

「――――」

シリルの目が暗闇《くらやみ》の中でぱちりと開いた。部屋の中は暗くなっている。あれから、少し眠っていたらしい。

シリルの耳に、階下の音が微かに聞こえていた。一階では未《いま》だ隊員たちが酒盛りをしているのだろう。だがその声の中に、何か違和感を覚えるものが混ざっている。シリルはベッドの上で上体を起こし、怪訝《けげん》な表情を浮かべて耳を澄ましてみた。

どこか囃《はや》し立てるような、野卑な笑い声の中聞こえる細い悲鳴のような声。

シリルはベッドから降りると、一階の酒場へと続く階段を降りていった。近づくにつれて、声はますます大きくなる。廊下を歩き、酒場へと通じるドアをそっと開けてみると、シリルの目に凌《りょう》辱《じょく》の現場が飛び込んできた。

「ああっ――……、いやあ、やめて、ああっ……!」

酒場の大きなテーブルを囲むようにして、隊員たちが立っている。その中心のテーブルの上に、一人の少年が張りつけられていた。その両脚の間に隊員が身体を割り入れ、熱心に腰を動かしている。

「そら、もっと締めつけてみろ。気持ちいいんだろ?」

「ああっ…! いや、そんなに、しないでっ……」

少年は両腕を他の隊員たちによってテーブルに縫い止められており、身体の他の場所、胸や脇腹や、あるいは脚の間などを、幾本もの手によって愛撫《あいぶ》されていた。身体中が上気したように紅く染まり、泣き濡《ぬ》れたその表情には屈辱と苦痛、そして明らかな愉悦が浮かんでいる。

「……っ」

犯されているのだ。無理やりに。

そう思った途端、シリルの肉体の奥底から、何かが鎌首をもたげた。

どくん、と心臓が大きく跳ねる。続いて、カアッと熱いものが下肢のほうからこみ上げてきて、頬まで熱くなった。

「出すぞ、おらっ……！」

「ひっ、あああ！」

少年を犯している隊員が射精すると、彼はびくっ、と大きく身体を反らして、道連れにされるように自らも精を放つ。

シリルの唇から、知らない間にはあっ、と熱い息が漏れた。テーブルの上で、快楽の余韻にびくびくと震えている裸身。シリルは、昂《たか》ぶっていたのだ。けれど、獣のような目で順番待ちをしている他の隊員たちのように少年を犯したいのではない。

シリルの意識は、今まさに犯されている少年そのものにあった。

「――――今度、俺な」

だが、次に出てきた男の姿を見た時、シリルは愕然《がくぜん》となる。それは親友であり副官のアシュレイだった。慌ててそのあたりに視線を走らせてみれば、後輩のエヴァンスの姿もそこにあった。彼は酒の入ったゴブレットを手にしながら、見たこともないような酷薄な笑みを浮かべてそれを眺めている。

「ずっと禁欲してたんだ。溜めてた濃いのを出してやるからな」

「や、もう許してっ……、ああ――――っ」

アシュレイが一気に少年を貫き、悲鳴が漏れた。それを聞いた時、シリルの中の熱は怒りのそれに取って代わる。両手で音を立てて扉を開き、狂乱の現場へと踏み込んでいった。

「――――何をしている！」

シリルが一喝《いっかつ》すると、その場は水を打ったように静まり返る。一斉にシリルを振り返った目が、驚愕と動揺に見開かれていた。

「お前たち、これはどういうことだ。いつそんな野蛮な真似《まね》をしろと言った」

シリルは容赦なく詰問する。彼らは一様に青ざめ、下を向き、お互いに責をなすりつけるように顔を見合わせる。

シリルは心底情けない思いに駆られた。これが王国に誇る蒼騎士隊か。これまで一緒にがんばってきたのはなんだったのか。

アシュレイが慌てて少年の中から自分を抜き取り、身繕いするのを目の端に捉え、シリルはつかつかとそちらへ歩み寄った。

「――――アシュレイ。お前まで何をしている。どうして止めようともせずに、一緒になってこんなことを……！」

アシュレイは怒りに震えるシリルをちらりと一瞥すると、ふう、と息を吐き出す。

「息抜きだよ」

「こんなことがか⁉」

シリルにとって、彼は信頼できる同期で、親友だと思っていた。まさか自分に黙ってこんな蛮行をするような男だとは思ってもみなかった。裏切られたという思いが胸中をかき乱す。

だがアシュレイは、悪びれもせずシリルに言い返した。

「ヨシュアーナを出てからずっと、厳しい行軍だった。ファルクまでもうしばらくこんなのが続くだろう。ここには女を買う施設もない。だから、宿の下働きだったこいつをちょうど見繕っただけさ」

アシュレイはそう言うと、懐から銀貨を出し、テーブルの上で所在なく身体を丸めている少年の前に置く。

「行っていいぞ」

彼がそう言うやいなや、少年は銀貨を摑《つか》んでテーブルから下り、そこいらに散らばっている自分の服をかき集め、よろめきながらも脱兎《だつと》のごとく逃げ出していった。その様子を見て、シリルは思わず瞠目《どうもく》する。

「――――シリル、みんなお前のように自分を律することのできるやつらばかりじゃない。続けての遠征に、少なからず疲弊している奴もいる。はめを外すことだって必要なのさ」

「だが王国の騎士たるもの、あんな強姦《ごうかん》まがいのこと――――」

「あの子、金を受け取ったじゃないですか」

横からエヴァンスが助け船を出すように言った。その声に、シリルは息を詰まらせる。

「やられてる時だって、けっこう喜んでた。あの子、ああやってここに泊まった男たちに身体売ってたんじゃないですかね。今日は人数多かったから怯《おび》えてたみたいだけど」

「な――――」

シリルは二の句が継げなかった。確かに今、少年が金を受け取ったのを見た。普通はこんな屈辱的な目に遭えば、たとえ金を差し出されてもつっぱねるものだとシリルは思う。だが、少年は違った。

矜持《きょうじ》とは、いったいなんだろう。

「……これまでもあったのか、こういうことが」

シリルは震える声でアシュレイに問いただす。彼は沈黙でもって答えた。それはつまり、そういうことなのだろう。

「――――っ」

シリルの右拳《みぎこぶし》が、アシュレイの顔に炸裂した。よろめいて床に倒れる彼を見下ろし、シリルは肩を上下させる。

「――――騎士たる者、無様な真似を晒《さら》すな」

そうだ。騎士とは常に高潔で潔癖であらねばならない。肉欲に負けるなど、あってはならないのだ。

「今後ヨシュアーナに帰還するまで、一切の酒、遊興を禁ずる。投宿地での外出も禁止だ。破った者には厳罰が待っているから、そう思え」

隊員たちの間から、悲嘆めいたざわめきが漏れる。だがシリルはそれを無視すると、踵《きびす》を返して二階の自室へと足早に戻っていった。後ろ手にドアを閉めると、脱力感が襲ってきてそのままずるずるとそこへへたり込む。

「……っ」

感情的になっている自覚はあった。アシュレイのことも、何も皆の前で殴り飛ばすことはなかったのかもしれない。あれでは隊の士気が落ちても不思議はない。隊長として、もっと他にやりようがあったのではないだろうか。

「……いや」

あれでいいのだ。

騎士たる者は、ああいうふうに振る舞わなくてはならない。自分の取った行動は、間違ってはいない。

先ほど繰り広げられていた少年の痴態。あんなものを見て昂ぶったなどと、断じてあってはならないことだ。

自身の衝動さえそんなふうに否定して、シリルは頭を抱えて首を振った。黒髪が顔に乱れかかる。息苦しい、胸がつかえる――――。

シリルは浅く早い呼吸を繰り返し、そのまま床に転がった。冷たい床の感触が心地よい。今の自分は、きっと無様な姿を晒していることだろう。

（はやく、ちゃんとしないと）

ちゃんとしないと、許されない。

誰に？――――わからない。母や家や国や、いろんなものにだ。

ややあって、廊下を歩く複数の足音が聞こえてくる。隊員たちが皆、それぞれの部屋に戻ってきたのだろう。おやすみ、などと言い合う声や、ドアが閉まる音などが小さく聞こえてくる。

その時、自室のドアを、控えめに叩く音がして、シリルはびくりと肩を震わせた。

「……シリル？」

アシュレイの声だ。だが先ほど思いきり殴り飛ばした相手だというのに、この時のシリルは怯えていた。

彼はシリルも知らない隊員たちのストレスを、自分も知らない間に解消させてくれていた。それを知った時の衝撃に耐えられず、感情のままに手を上げてしまった。

謝らねば。隊長らしくない、狭量な振る舞いだ。

けれど、どんな顔を作ってアシュレイの前に出ればいいのかわからない。それが判断できないうちは、この顔は見せられないと思った。

ドア一枚を隔てた部屋の中で、シリルは息を殺して彼の呼びかけを無視する。早く行ってほしい。荒くなる呼吸を手で押さえ、息づかいが彼に聞こえないように肝を冷やした。

やがて床の軋《きし》む音が聞こえ、足音が遠ざかっていく。そのことに安堵《あんど》を覚えながら、シリルは大きく息を零した。

「ふ……っ」

目尻に涙が滲む。床の硬さに身体が痛みはじめた。そろそろ起きなければ。このままでは、明日からの行軍に支障が出てしまう。

騎士として、部隊長としてどう振る舞えばいいかということしか、今のシリルは考えられなかった。

そうすれば苦痛を忘れていられるからだということを、この期に及んで気づきもしないままだった。

気温が高くなってきている。騎士服の下が汗ばんできて、ファルクまで近づいていることを知らせてきた。隊は山間の、左右を山に挟まれた街道を進んでいる。

宿屋の一件から、隊員たちは真面目に過ごしているようだった。士気も、少なくとも表面上は低下しているようには見えない。アシュレイは次の朝、頬に痣《あざ》を残しながらも、シリルにいつも通りに接してきた。エヴァンスはややぎこちない様子を見せたが、おおむね問題になるような感じはなかった。だからシリルもいつも通りに玲瓏な表情をし、静かに隊員たちを見渡した。

それから、さらに七日が経っている。強行軍だったため、さすがに隊員たちに疲労の色が見えてきた。今日は早めに宿に入らねば。だが、ここはもうファルクの国境沿いで、どこかの宿場町に入るというわけにもいかないだろう。どこでファルク軍の目に留まるかわからない。

どこか適当な山の中で野営をしなければ。そう思ってシリルが指示を出そうとした時だった。

「……何か、変な匂いがしないか？」

「え？　そうか？」

「本当だ。……硫黄《いおう》かな」

「いや、ぜんぜん違うだろ」

隊員たちが口々に異臭がすると訴えはじめたので、シリルもまた鼻を何度か吸ってみる。すると鼻腔《びこう》の粘膜に、何か甘い、花の香りのような、それでいて泥のような匂いを感じ取った。

それを知覚した瞬間、シリルはマントで鼻と口を塞ぎ、隊員たちに向かって叫んでいた。

「吸うな！　――――これは神経に作用する木だ！」

「え？」

その時崖《がけ》の上から、幾本もの燃える枝を束ねたものが、隊列の中にいくつも投げ込まれる。馬が突然の火に怯え、いななきながら前足を上げた。そして次には、一斉に放たれた矢が馬上の騎士たちを幾人も貫いていく。

「ぐあっ」

「うわああっ」

短い悲鳴を上げ、矢に射貫かれた騎士たちが馬から落ちていくのを目にし、シリルは剣を抜いた。

「敵だ！」

アシュレイやエヴァンスも次々剣を抜くが、彼らも燃える枝の出す煙にやられているらしく、ぐらぐらと上体を揺らしている。

シリルはこの枝のことを書物で見たことがあった。ファルクの特定地域に生える稀少な木だが、燃やすと人間の神経に作用し、意識を失わせて数時間もの間動けなくするという。シリルは以前、南方から来た商人から、まだ燃やす前の香りを嗅《か》がせてもらったことがあった。

その時、崖の上の木々が揺れ、そこから何人もの兵士たちが姿を現す。浅黒い肌をした、ファルク特有の衣装の影響を色濃く残す軍服の男たち。

(————しまった)

「隊列を崩すな！　離脱する！」

ここで戦っては勝てないと判断したシリルは、部下たちにこの地点からの離脱を命じた。だがすでに何人もの騎士たちが地面に倒れ伏し、乗り手のいなくなった馬たちが右往左往している。

その間にも燃える木の出す煙は自分たちの間に充満し、シリルもまた頭がぐらりと傾《かし》いだ。

(駄目だ。意識を手放しては)

だが、腕や脚を這《は》い上がってくる痺れはどうにもならない。とうとう手に力が入らなくなって、シリルは剣を落とした。馬の動きについていけなくなって、馬上から落とされる。地面に叩きつけられた身体が鈍い痛みを覚えた。

「────」

霞《かす》む視界の中、シリルはファルクの兵士たちの間から、一人の男が割って出てくるのを見る。

鼻から下を布で覆っていたが、その金の髪には見覚えがあった。

あれは────。

ファルク人の中でもめずらしい太陽の光を跳ね返す色。こちらを見つめる鋭い眼差し。

それは間違いなくシリルの知っている男だ。以前に一度だけ剣を交えたことのある。

けれどそれを知覚する前に、シリルの意識はとうとう重い泥の中へと引きずり込まれていってしまった。

目覚めは突然に来た。

冷たい水を頭から浴びせかけられ、シリルは否応《いやおう》なしに現実へと引き戻される。

「────起きろ！」

「っ……！」

黒髪が濡れそぼち、水を滴らせた。シリルは軽く咳《せ》き込《こ》みながら、目に突き刺さるような光にその怜悧《れいり》な顔をしかめる。重い瞼《まぶた》をやっとのことで開けると、周りを七、八人ほどの男たちが囲んでいた。ファルクの兵士たちだ。

そこでようやく、シリルは自分が今後ろ手に拘束され、石の床に転がされていることに気づく。捕らえられたのだ。そう思って、まだうまく回らない頭を必死で働かそうとする。

「ようこそ、ファルクへ」

その声はシリルの意識を一気に明瞭《めいりよう》にした。思わず顔を上げた時、そこにいた男に息をするのも忘れて目を奪われる。

意識を失う前に見た、金色の髪。長身にほれぼれするような見事な体軀を持っていた。男らしく整った顔の中の酷薄そうなはしばみ色の瞳は、どこか獰猛《どうもう》な色を乗せて楽しそうにシリルを眺めている。

だが男の端麗な顔の中に、額から眉間《みけん》を通り、鼻筋にかけて走る一本の傷跡があった。

「軍装からすると、ヨシュアーナの騎士だな。おそらく蒼騎士隊。その隊長であるお前は、シリル・カルスティン。そうだろう？」

「………………」

シリルは沈黙する。すると、後ろから乱暴に髪を摑まれ、頭を上げさせられる。

「答えないか！」

「っ！」

痛みに眉を寄せると、目の前の男が片手を上げて制した。

「手荒な真似はするな」

「承知いたしました。殿下」

「ラフィア・マリク・ファルク」

ファルクの王弟であり、軍事を掌握している男だ。だが、どうして彼がこんな国境近くの地域にいるのだろう。

「俺の名を覚えていてくれたか。光栄なことだ」

「……覚えている。あの時、一度戦った」

あの時の男は、やはりラフィアだったのだ。ではその顔の傷は、自分と戦った時のものだろうか。

「俺もお前のことは忘れていないぞ」

何せ鏡を見るたびに思い出すからな、と彼は笑った。

「バスカールのやり方は、大陸中に知れ渡っているからな。そのうちこちらにもその欲深な手を伸ばしてくるのではないかと思っていた。まんまと網にかかってくれて、俺がわざわざここまで出向いた甲斐《かい》があったということだ」

「あの場所で待ち伏せていたのは？」

自分たちが襲撃を受けたのは、まだファルクに入る前だ。予定では国境に近づく寸前に装備を変え、身分を偽って潜入するつもりだったのだ。

だが、彼らはあそこでまるで待ち構えるようにしてシリルたちを襲った。

いったい、どうして知っていたのだろう。どこからか情報が漏れていたというのか。

「……お前たち、アディルの宿場町で、少々はめを外しすぎただろう」

「……？」

シリルは記憶を探ってみた。アディルの宿場町といえば、アシュレイをはじめとする部下たちが宿の下働きの少年を手籠《てご》めにした出来事があった。あの時、シリルは部下たちに厳しく当たった。

「それを見ていた町の者が、鷹《たか》に文を結びつけて知らせてくれたのだ。あの町には、ファルクとの混血も多い。ヨシュアーナをよく思わない者も大勢いるということだ」

「――――」

シリルは息を呑《の》んでラフィアを見上げる。ではやはり、自分たちの動きは筒抜けだったのだ。それも、自らの失態のせいで。

シリルは唇を噛む。浅慮な考えで窮地に追い込まれたのは自分たちの行いが徒《あだ》になったせいだが、その責は彼らの隊長である自分にある。

シリルはラフィアのはしばみ色の瞳を見上げ、訴えるように尋ねた。

「俺の部下たちはどうした」

捕らえられ、拘束を受けてなお、シリルは気丈にラフィアに対峙する。自分と同じように捕らえられ、まだ生かされているのなら、なんとしても命は助けてやらなければ。

「安心しろ。丁重に別室でおとなしくしてもらっている。ちゃんとベッドのある部屋だ」

「……本当だろうな」

「殺してどうする。お前に言うことを聞かせるための取引材料であるのに」

その言葉は信用できるような気がした。確かに、自分に用があるのであれば、取引材料として部下の存在は使える。

生きているのならいい。あとは、自分が覚悟を決めるだけだ。

「俺に何を聞きたいのかは知らないが、何もしゃべらないから無駄だぞ」

シリルがそう言うと、周りにいる兵士たちが薄笑いを浮かべた。嫌な感じだった。けれどシリルは、あくまで平然とした態度を取る。

「……シリル、お前はこれまで何人の敵を斬った？」

するとラフィアがまるで見当違いのようなことを聞いてきたので、怪訝そうに眉を寄せた。

「さあ、覚えていないな。お前こそ、敵を何人殺した。軍人であれば、それが役目だろう」

「役目か」

ラフィアはおかしそうに口の端を上げる。

「敵を殺す。確かにそれは俺の役目だ。俺は子供の頃から剣を取り、戦うことを教えられた。

祖国を守るのが俺の仕事だと思っている」

だが、とラフィアは言葉を切った。

「俺は何も演じてはいない。俺は俺のままだ」

「――――」

シリルの内部に、ラフィアの言葉が刃物のようにさっくりと刺さる。あまりに鋭い刃は斬られたことすらわからないという。今のはそれに近かった。

「何が言いたい。くだらないことを言っていないで、殺すならさっさと殺せ」

「今のお前は俺の手の中にある。どう罰するも自由だ」

ラフィアはシリルに近寄り、細い顎《あご》を摑んでぐい、と上を向けさせる。

「！」

「お前は大層高潔な武人だというじゃないか――――。もしや、この世の愉《たの》しみなど知らんのではないのか？」

彼はそう言って残忍な、そして雄の色香が漂う笑みを浮かべた。

「この傷をつけられた時から思っていた。誇り高いヨシュアーナの騎士を、淫欲《いんよく》の泥沼に堕《お》としてやりたいと」

一瞬、何を言われたのかわからなかった。だが次の瞬間、騎士服の前を引き裂くように開かれる。白い肌が露《あら》わになり、周りの兵士たちの眼差しが一斉にぎらついた。

「抵抗したり、自害しようとすれば……わかるな？」

「っ……、下衆《げす》が！」

信じられない。この自分が辱められるなどと。しかも部下の命を盾に取られ、誇りを守ることすら許されないとは。

「美しいヨシュアーナの騎士――――、お前を、雌《めす》に変えてやろう」

そう言ったラフィアの表情は、むしろ優しげだった。

いったい何が起こっているのだろう。自分の身に降りかかることが、シリルは理解できないでいた。

「うっ……あっ…」

「よしよし、力を抜いていろよ？　奥までしっかり塗ってやるからな」

「や、やめっ……ろっ…」

シリルは下半身の服を剝ぎ取られ、両腕を拘束されたまま、上体をテーブルに伏せさせられるようにして押さえつけられていた。片脚を持ち上げられ、それもテーブルの上に縫い止められている。露わになった双丘の狭間《はざま》に、兵士の指が挿入されていて、尻《しり》の中に何かを塗られている。指は何度も出ていっては、柔らかいものをたっぷりとまとい、また後孔《こうこう》に入ってきた。ファルクに古くから伝わる媚薬《びやく》だという。ラフィアはそれを、少し離れたところから見物していた。視線が肌に絡みつく。

「う――――うっ」

男の指が根元まで後孔に入ってきた。最初はひどい違和感しか感じなかったが、だんだんとそこが甘く痺れるように変化している。粘膜に執拗《しつよう》に塗り込められた媚薬のせいで、全身がじんじんと脈打ってきていた。

「どうだ、だいぶよくなってきただろう。中がひくひくしてきたぞ」

「……だ、だれ、が……っ」

こんなことをされて、いいわけがない。シリルはこみ上げてくるあやしい感覚を否定するようにかぶりを振った。けれど次の瞬間、男の指が突いてきたところで飛び上がるほどの快感を覚え、シリルの口からそれまで聞いたことのないような声が漏れる。

「んああ、ああっ」

「いいとこを見つけたようだな」

「ここが感じるんだろう？　どれ――――」

「うぁあっ」

ぬぐ、と肉環を拡げられて、指がもう一本入ってきた。圧迫感はすぐに消え、その代わりに下半身をじわじわと蝕《むしば》むような感覚が襲ってくる。

そうして二本の指の腹である場所をぐりぐりとこねられると、脳天まで突き抜けるような刺激に貫かれるのだ。

「はっ、ふぁっ、あぁぁあっ」

自分がこんな声を出すなんて、信じられない。

嘘《うそ》だ。うそだ。これはきっと悪い夢なんだ。

どうにかして悪夢から逃れようともがいてみても、今や身体中に媚薬が広がってしまい、ろくな力が入らない。おまけに複数の男の手で押さえつけられてしまっては、どんなに暴れようとしても身をくねらせるだけで精一杯だ。

「色っぽい声を出すようになってきたな」

「まあ見てな。今に泣き喚《わめ》かせてやるから。そらっこいつはどうだ？」

弱い場所を小刻みに指で突かれた時、シリルの身体がびくびくと痙攣《けいれん》するように跳ねる。

「あっあぁ――――っ」

初めての場所で感じる強烈な快感に肉の悲鳴が漏れた。くわえ込んだ男の指をぎゅううっと締めつけてしまう。そうすると、もっと感じることに気がついた。

「どうだ、たまらないだろう」

はあっ、はあっ、とせわしなく喘《あえ》ぐ口の端から唾液《だえき》が零れ、テーブルを濡らしている。それでもシリルは認めたくなかった。自分は王国の騎士だ。こんなことをされて悦《よろこ》んでいるはずがない。

「……っか、感じ…ない、ちっと…も」

強がりだとはわかっていた。こんな媚薬に冒され、はしたない声まで上げて、反応しているのは明らかだろう。それでもシリルは、折れるわけにはいかないのだ。なぜなら、それまでの自分がなくなってしまうから。シリル・カルスティンは、高潔で潔癖でなければならない。実際にシリルは、婚約者に身を寄せられた時は嫌悪しか感じなかったではないか。

「ほう、がんばるな」

「――――お前たち」

すると、それまで静観していたラフィアが歩み寄ってきた。

「俺も責めよう。そいつを仰向《あおむ》けにしろ」

「は、承知しました」

シリルの背後からずるりと指が抜かれる。その時にも、媚びるような小さな声を上げてしまった。媚薬で蕩《とろ》かされた内壁が、くわえるものを求めて無意識に収縮する。そんなシリルの身体が、ファルクの兵士たちによってぐるりとひっくり返された。

「あっ」

視界が反転したと思うと、目の前にラフィアの姿がある。シリルは下半身を丸出しにされ、騎士服の前もはだけられた、ほとんど裸に近い姿だった。そんな無防備な格好をラフィアや男たちの前に晒すことになってしまい、羞恥《しゅうち》が全身を灼く。

「美しい、均整の取れた身体だな。肌のきめも細かい」

大きな熱い手で肌を撫《な》で上げられ、とっさに蹴り上げてやろうかとも思った。だがその前に両脇から脚を男たちに抱えられ、大きく開いた状態で固定されてしまう。

「こんなに滴らせて」

「んぁんっ……！」

シリルの脚の間のものは、後ろへの刺激に耐えかねて、そそり立つように形を変えていた。その先端からは愛液が溢れ、陰茎を濡らしている。その状態のものを長い指で根元から撫で上げられ、全身に震えが走った。

「これでも感じていないというのか？」

「ふっ…あっ…、あ、あああ……っ」

大きな手で握り込まれ、上下に擦《こす》られる。くちゅくちゅと卑猥《ひわい》な音を立てるそれは、刺激されるごとに張りつめ、今にもはちきれんばかりになった。シリルは自慰さえも必要最低限に留《とど》めていたので、こんな強烈な刺激は知らない。頭の中が真っ白に塗り替えられていくようだった。

「この小さな孔《あな》から、後から後から溢れてくるな」

ラフィアの指の腹で鋭敏な先端を円を描くように撫で回され、腰から下が痺れきる。

「ああっひっ」

汗ばんだ身体が、ぐん、と仰《の》け反《ぞ》った。なだらかな胸の上で薄桃色の突起が尖《とが》りきっている。弓なりに反り返って震える胸の突起に、唐突に新たな快感が走った。

「あっあっ！」

男たちが両側からシリルの乳首を摘《つ》まみ上げ、指先でくりくりと虐《いじ》めてくる。そうされると先ほどまで嬲《なぶ》られていた後孔にもどういうわけが刺激が走り、シリルは次第に恍惚《こうこつ》とした喘ぎを漏らすようになった。

「ふふ、どうした。気持ちよくないんじゃなかったのか」

ラフィアの煽《あお》るような言葉が悔しくてたまらない。だが、シリルにももうどうしようもないのだ。全身が燃え立つように疼《うず》いて止まらなくなる。ラフィアの巧みな指使いで陰茎を可愛がられるのも、男たちに淫《みだ》らに乳首をいたぶられるのも、たまらなくよかった。

（い――――いい）

きっと媚薬のせいだ。この淫らな薬が、自分の身も心も昂ぶらせ、はしたない声を上げさせている。そうでなければ、こんなのはありえない。断じて。

シリルが必死に快感を否定している間も、股間《こかん》のものは巧みにいやらしく擦り上げられる。根元から乳を搾《しぼ》るように強弱をつけて揉《も》みしだかれると、開かれた鼠径部《そけいぶ》がぴくぴくと震えた。我慢しようとしているのに、腰が少しずつ動きはじめる。

「んっ、ふっ……んん、んはぁあぁ」

せめて声だけは堪えようとしても、結局は耐えかねて漏れてしまい、よけいに卑猥な声を上げてしまうことになった。

身体が肉欲に支配されようとしている。こんなことは初めてだった。理性で抑えられないものなどないと思っていたのに。羞恥と屈辱が心と身体を灼いた。けれどそれ以上に興奮と快楽が押し寄せてくるのを、シリルはどうすることもできない。

「うっ、ううっ……！」

「限界が近そうだな。他愛もないものだ……」

ラフィアの言う通り、シリルの肉体は今にも極めようとしていた。ひっきりなしに腰が浮き上がり、恥ずかしい様を晒している。たっぷりと媚薬を塗り込められた後孔は、ひくひくと収縮を繰り返していた。

「ああっあっ、い、いやだ……っ」

達してしまうと、もう二度と戻れないような気がする。自分が何か別のものに変貌していってしまいそうで、それが恐ろしくてシリルは激しくかぶりを振った。黒髪が乱れ散る。

だが、もうあと少しも我慢できそうにない。ラフィアに手淫されている陰茎も、兵士たちによって弄《いじ》られている乳首も、媚薬で疼いている後孔も、すべて気持ちがよくて仕方がなかった。

イきたくなんかない。こんな敵の手で。

だが、シリルが口惜しく思えば思うほど、肉体は高まっていく。自分の身体だというのに、まったく制御が利かなかった。それでもシリルは最後の力を振り絞るようにして奥歯を噛み締め、快楽に耐えた。意志と理性を総動員して最後の一線を踏みとどまろうとする。

「く――――……、うぅ――――……」

「我慢しようとしているのか？――――無駄なことだ」

そんなシリルの精一杯の抵抗すらあざ笑うように、ラフィアが周りの兵士たちに顎でしゃくるように合図をした。すると、それまで見物していた兵士たちの手が、シリルをなおも嬲るために群がってくる。

「な…っ、あ、あ――――…っ」

股間と乳首への責めだけでも耐えがたかったのに、過敏になっている全身に愛撫の手が及んだ。脇腹を指先で撫でられ、臍《へそ》に指を入れられてくるくると弄《もてあそ》ばれる。仰け反った首筋をくすぐられ、不規則に震えを走らせる内股《うちもも》をも執拗に撫で回された。足の裏や指の股《また》までも指先で刺激されて、シリルの肉体は肉欲の炎に包まれる。

「ひ、ア、あぁああ――――…っ、ひぃ……んんっ」

「すごい声が出たな」

ラフィアの揶揄するような言葉も耳に入らない。

全身が快楽を訴えていた。頭の中が真っ白に染め上げられ、もう何も考えられなくなる。口の端から唾液を滴らせながら、シリルは甘い屈辱の絶頂へと追い上げられた。

変えられる。変わってしまう。雌に。

それは堕落の始まりだということを、シリルは本能的に悟っていた。ここで屈服してしまったら、もう戻れない。

「あっ、あっあっ、ふぁあああっ」

けれども、この強烈な愉悦に抗《あらが》うことなど無理だった。身体の底から大きな波がこみ上げてくる。腰骨が灼けつきそうな快感に怯え、シリルは嗚咽《おえつ》混じりの嬌声《きょうせい》を上げた。

「んアあ、あぁぁあ――――……っ、～～っ、っ」

ラフィアの手の中のものがどくん、とわななき、その先端から大量の蜜《みつ》を噴き上げる。その射精感は死ぬほどの快楽で、シリルは切れ切れの喘ぎを漏らしながら何度も尻を振り立てた。はしたないのはわかっているが、止められない。

（気持ちいい）

身体がバラバラになってしまいそうだった。手足の先までもが甘く痺れきり、全身の感覚が悦びを訴える。悔しいのに、屈辱なのに。

「……ずいぶん派手にイったな」

ラフィアは掌《てのひら》に受け止めた愛液を、わざとシリルの下腹に塗り広げた。下腹部が白濁した蜜で汚される。

「……っ、あ、あ……っ」

シリルは全身の力が抜けてしまい、ぐったりとテーブルに横たわっていた。身体中がじんじんと脈打って、口を利くことすら億劫《おっくう》だ。だが、尻の奥の入り口に硬くて熱いものを押し当てられ、びくりと身を竦ませる。

「欲しかったろう？　ここに。今入れてやる」

「や……っ、あ、やめっ、それだけ……はっ」

それをされたら、本当に自分は雌になってしまう。未知の快感で、壊されてしまう。

「どうした、ヨシュアーナの騎士隊長が哀願か？」

「あ…あ、嫌だ、殺…せっ」

これ以上生き恥を晒すのなら。いっそこのまま、ここで命を絶ってしまいたかった。だが、そんなことをすれば捕らえられた部下たちがどうなるかわからない。それを思うと、自分から死ぬことはできなかった。

そしてそんなシリルの懊悩《おうのう》も構わずに、猛々《たけだけ》しい熱は、肉環をこじ開けてくる。

「く、うあ……ああっ」

「殺してなどやらん。お前は肉の奴隷になるのだ。ここで、毎日拷問をしてやろう。……快楽の、な」

ラフィアが、まるで睦言《むつごと》のように囁《ささや》いた。耳に注ぎ込まれる言葉にシリルの背中がぞくぞくとわななく。

「あっ……あっ……！」

媚薬によって疼き、蕩けていた肉洞は、初めてにもかかわらず覚悟したほどの痛みをもたらさなかった。いや、いっそ苦痛のほうがマシだったろう。凶悪なもので肉環をこじ開けられる感覚は、脳を蕩かすほどに強烈だった。

「あっ…ひぃ…んんっ」

ずぶずぶと体内の奥深くに埋められていく男根。それが内壁をかき分けて進んでいくごとに、背筋が震えるほどの快感が襲ってくる。体内を長大なものでみっしりと埋められ、少しずつ揺さぶられていく悦楽。

「どうだ……？　感じるだろう？」

「やっ、やっ、……っ深い、の、いやだ……っ」

いきなり最奥まで入れられる怖さに、シリルは身も世もなく哀願してしまう。騎士としての戦いではなく、こんな卑劣なことをしてくる奴に屈するのは死ぬほど嫌だったが、生まれて初めての桁外《けたはず》れの絶頂を与えられてしまってはどうにもならない。これが苦痛だったならシリルは絶対に折れたりはしなかった。

だが、この快感は。

「ふっ……、あんんぁっ」

ずずっ、と音を立てて根元まで入れられてしまい、腹の奥が熱く痺れてしまう。

「媚薬を使ったとはいえ、初めてなのに俺のものを全部受け入れるとは、たいしたものだ」

感嘆したように告げられた言葉は、シリルを淫らだと評しているのだ。涙の滲む眼《め》で、せめて気丈にラフィアを睨みつけてみせるが、軽く腰を揺すられて、ああっ、と喘いでしまう。

「騎士隊長様は淫乱か」

「突っ込まれるのが好きで仕方がないって顔をしてるぞ」

兵士たちに煽るような言葉で嬲られて、ぞくりと肌が震えた。ちがう。どうしてこんなこと。

「ぴったりと俺に吸いついて、絡みついてくる——。いい孔だ」

そう囁いて、ラフィアは根元まで埋めたそれをゆっくりと動かしはじめた。太いもので壁を擦られると、たちまちぞくぞくと背中に快感が走る。

「アっ——はっ……あっ——」

(どうして、こんなところが)

ありえない場所をありえないもので犯されているというのに、どうしてこんな快楽がこみ上げてくるのか。シリルは自分の肉体が信じられなかった。俺は本当に、どうかしてしまっ

たのだろうか。

「気持ちがいいのか」

「っ……！」

突かれるたびに男根を締めつけてしまい、背中を反らして熱く喘いでしまっていては、シリルの反応など知れたことだろう。シリルはそれでもどうにか首を横に振って否定してみたが、途端に胸の突起に甘い刺激が走った。

「んああっ」

「素直にならないと、またここを虐めるぞ」

兵士たちが両脇から乳首を摘まみ、強く優しく揉み込んでくる。挿入されながらの愛撫はとても我慢できるものではなくて、シリルは弓なりに背を反らして取り乱したように喘いだ。

「あっ、あっ、だめっ、だめっ……！」

「気持ちがいいか？」

ラフィアが再度問うてくる。シリルは半ば啜《すす》り泣きながら、しかしふるふると首を横に振った。もうどうしようもない状態だということは、周りの男たちにもラフィアにもわかってしまっているだろう。だが、素直に認めることは絶対にできないと思った。

「強情を張っても、いいことはないぞ。それとも、もっと虐められたいのか？」

ラフィアは腰を小刻みに打ちつけ、シリルの奥を刺激する。両の乳首も抓《つね》られるようにして責められた。

「――――!」

肉体に稲妻《いなずま》のような快感が走る。知らず知らずのうちに悲鳴を上げていたのかもしれない。

男たちが笑うような気配が伝わってきた。

「やっ、あっあああっ、や、やめっそれっ……!」

中で感じる強烈な刺激に、シリルの忍耐も限界近くまで追いつめられる。いや、そもそも、今までこの快感に耐えていたのだろうか。みっともなく淫らな喘ぎを漏らしてしまっている自分に歯がみしながらも、この感覚にどう抗っていいのかわからない。

「素直になるか?」

「……っ」

口惜しさに唇を噛みながら、シリルの頭がこくんと縦に振られる。

「ちゃんとお前の口で言え」

「……っ、ああ、あうう……っ」

律動は次第に大きくなり、擦られる粘膜の快感はだんだん強くなっていた。これ以上感じさせられたらどうなるかわからない。シリルは逃れたいあまりに、震える唇を開いて、卑猥な言葉を口にした。

「き、きもち、いぃ……っ、ぁあ」

口走った瞬間に体内に甘い疼きが走る。いやらしいことを言うと、身体もまた感じてしまうのだ。ずちゅ、ずちゅ、と後ろで響く音もシリルの性感を否応なしに高めていく。だが正直になっても、ラフィアは愛撫の手を緩めてくれることはなかった。それどころか、さっきと同じように、至るところに兵士たちの手が伸びてくる。後ろを突かれながら股間のものを虐められ、シリルはあられもなく声を上げた。

「あっあぁああっ、は、う、そ、そんな、にっ……！」

「気持ちがいいんだろう？　ならたっぷりしてやらないとな」

「ああーっ、そんなっ……、は、そこ、は、あぅうう……っ」

ラフィアは腰をぎりぎりまで引いたと思うと、また根元まで深く男根を沈めてくる。肉洞が引《ひ》き攣《つ》れるほどに擦られて、そのたびに全身の性感帯がぞくぞくとわなないた。それなのに乳首や股間や、その他の感じる場所も一度に責められてはたまらない。

「くぅうう――――……っ」

シリルは耐えきれず、快感を嚙み締めるようにしてまたしても達してしまう。今度の絶頂も神経がかき乱されるほどだった。だがラフィアは、極めている最中のシリルの肉洞を、わざと小刻みに突き上げる。

「ひっ、ひぃいっ」

絶頂の相乗にシリルは気も狂わんばかりに喘いだ。大きく開かされた内股がぶるぶると痙攣して、その快楽の深さを物語っている。

「い、いや、あっ、イって、イってる、のに、あぁああっ」

「まだまだイかせてやるからな」

彼らはシリルに徹底的に快感を覚え込むように責め、嬲り、犯した。身体中の至るところを愛撫されながら犯され、シリルの啜り泣きが次第に泣き喚くようなものに変化する。濡れた唇から漏れる言葉も、意味をなさない卑猥なものになってきた。

「んぁあ、ああ――あ、い、いいぃ、ひぃい――……」

ラフィアのものをくわえ込み、自分は何度も達しながら、シリルは自ら腰を使っていた。

兵士たちが、処女だったくせにこいつはすごいと囃し立てる。

やがて、圧倒的な質量と凶悪な形状でシリルを責め立てていたラフィアのものが、一際力強く脈打ち始めた。

「俺の刻印を刻んでやろう――。この中をたっぷりと濡らしてやる」

中に出される。そう宣言されて、シリルの肉体がなおも興奮するように燃え立つ。もうどうなってもかまわない。そんな捨て鉢《ばち》な思いが頭を占め、シリルは身体が望むままにラフィアをきつく締め上げる。

「つっ……！」

ラフィアが息を詰めて、シリルの肉洞の奥深くに自身の精を叩きつけた。

「あ、んあ、――――…っ！　あぁああ……～～っ」

体内の奥を満たす、雄の精。それをあますところなく注がれて、シリルの全身を何度目かの絶頂が襲う。きついほどのそれにあられもない声を上げて背中を反らすと、ふいにラフィアが覆い被《かぶ》さってくる。

「――――…っ、う、んん」

息も絶え絶えな濡れた唇にラフィアの熱いそれが重なり、深く合わさって舌を捕らえられた。舌根が痛むほどにきつく吸われたシリルは、だがつられるように夢中になってしまい、彼の肉厚の舌を熱烈に吸い返す。

「ん、ン――――」

びく、びく、と極みの余韻が断続的に襲いくる中、シリルは呼吸すら奪われてラフィアに口を貪《むさぼ》られた。もっと吸ってほしくて、淫らに舌を突き出すと、彼はシリルが満足するまで舌をしゃぶってくれた。

「ふん、ン――――…、は、あ……っ」

ようやっと口が離れた時、シリルは陶然とした瞳でラフィアを見上げた。野性味を帯びた端整な顔立ち、その眉間には、自分がかつてつけた傷。その傷に口づけたい、と思った。

「――――…っあ」

だが彼は顔を離すと、シリルの中からゆっくりと自身を引き抜く。それが完全に体内から出ていった時、ごぽっ、という音と共に白濁した精が溢れ落ちた。

「――いい味だったぞ。お前も楽しめたようだな」

そんなふうに言われ、シリルはその瞬間ハッと我に返る。俺は今まで何をした？

それまでの行為の一切を思い出し、自分のあまりに破廉恥な行動に屈辱と羞恥がぶり返す。上気していた肌を真っ赤に染めたシリルは、とっさに彼から顔を背けた。

けれど、シリルはそれで解放されたわけではない。身繕いを終えたラフィアは、シリルの痴態に獣のように欲情している兵士たちに命を下したのだ。

「お前たち。あとは可愛がってやれ」

「はっ」

嬉々《きき》としてシリルの脚を押し開く男たちに愕然とする。だが初めてにして濃厚な性交の直後の肉体は、ちっともうまく力が入らない。

「や、やめっ……、もうっ…、あ、んああっ」

拘束された身体をテーブルの上で捩《よじ》っていると、両側から覆い被さってきた男たちが左右の乳首を舌先で転がしてきた。

「あっ、ひっ」

指とはまた違う感覚。舌先で転がされ、軽く嚙まれて吸われると、腰の奥が重たくなってくる。

「あぁっ……、舐め…ないで、あっ……」

「乳首が好きなんだろう？」

「弄りまくって、大きくしてやるからな」

何か恐ろしいことを言われたような気がして、シリルは肌を震わせた。だがおののきの中に確かな官能も混ざっている。まさか、期待しているというのか。そんな淫らなことを。

（馬鹿な。辱めを受けたとて、俺は騎士――――）

その時、下半身に陣取った男が、ふいにシリルの股間に顔を埋めてきた。さんざん射精させられ、柔らかくなったものをぬるりとしたものが包み込む。

「んあぁぁあっ」

「王国一の騎士のモノはうまいなあ」

乳首を舌で責められ、口淫されて、シリルはテーブルの上でひくひくと悶《もだ》えた。新たな快感がたちまち身体中を這い回って、たまらなくなる。足の指までしゃぶられてしまって、張りつめた太股が震えた。

「舐め回してイかせてから、俺たちで犯してやる。今日は頭がぶっ飛ぶほどイけるぞ。嬉しいだろう」

「は、あ、ああ、そんな――――…、ああんん…っ」

じゅうっ、と陰茎を吸われ、思わず腰が浮いた。いったいあとどれほど、こんな快楽の地獄を味わわされるのだろう。

——おそらく、これからずっとなのだ。

そんな予感に、シリルは絶望と悲嘆と、それからわけのわからない衝動を覚える。後ろ手でずっと拘束されている両腕は、身体の下敷きになって鈍い痛みを訴えているはずなのに、今はそれさえも激しい興奮の材料でしかない。

「あっ…、あっあっ、ああっ」

鋭敏な場所に感じる男たちの舌が、それぞれが違う動きでシリルを蕩かしてくる。甘く媚びるような声が勝手に出てしまうのを止められなかった。それどころか、もっと感じさせてほしいと腰がくねる。自分の身体なのに、まったく抑えが利かない。

(どうしたらいい)

こんな快感は知らない。人の身体というのは、これほどまでに深い悦楽を感じることができるのか。

「あぁあんっ……、あぁぁあ————…っ」

媚びるような、自分の声じゃないような声を上げて、シリルは襲いくる絶頂にがくがくと全身を痙攣させる。

「どうだ、イくのは気持ちいいだろう」

「……っ、い、いい……っ」

達している時の、神経が灼き切れそうな感覚。シリルはその快感をいつしか夢中で味わうようになった。そんな時に問われて、頭を沸騰させた状態で衝動のままに答えてしまう。

「一度でずいぶん堕ちたな」

「ラフィア殿下がこいつの口を開けてくださったのがよかったんだろう」

「いやいや、騎士様の才能もなかなかだぞ」

冷やかすような言葉にも、もう反発する気力さえ湧《わ》かない。ようやっと波が引いたと思ったら、両の太股をぐい、と押し開かれ、先ほどラフィアをくわえ込んだ場所に別の男のものが押し当てられた。

「どれ、入れてやるか。殿下に抱いてもらって、すっかりコレの味を覚えただろう」

「……っ」

犯される。そう思うと、喉がひくりと上下した。未だラフィアが放った白い精を滴らせる後孔に、男の猛った肉棒がずぶりと挿入される。

「……あ、はぁあああぁ……っ」

総毛立つほどの快感が腰から背中へと駆け上がった。苦痛はもう、そこにはない。あっても気にならない。シリルの肉洞は、媚薬と執拗に与えられた快感のせいか、男を受け入れて悦ぶ器官へと変えられてしまった。

(いい――――、いい)

入り口から奥までを擦り上げられると、頭の中はもはやそれだけになる。男に合わせて腰を揺らしながら、ふと、先ほどから自分に絡みつく強い視線を感じた。喘ぎながら顔を向けると、濡れた視界にこちらを見ているラフィアの姿が映る。彼は銀のゴブレットを片手に、シリルが犯される姿を見物していた。そのはしばみ色の強い眼差しが、まるで愛撫のように肌を舐め上げ、絡みついてくる。

(見られ、てる)

「──あっ、んっ、あんんんっ」

その途端に内壁の奥がきゅううっと収縮し、シリルは男を締めつけた。

「おおっ、すごいな、絡みついてくる──」

男の言葉など、もう耳に入っていなかった。あの瞳が自分のあられもない姿を見ている。シリルを捕らえ、犯し、今もなお凌辱を与えている張本人が、薄く笑みを浮かべて、悶えるシリルを愉しそうに視姦《しかん》しているのだ。

──くやしいのに。

それなのに、感じてしまう。いや、屈辱を感じれば感じるほど──。

「ん、ふ…う、ふううぅっ」

体内のあちこちで快感が爆《は》ぜる。すると先ほど感じた肉洞の中の弱い場所をぐりぐりと抉《えぐ》られて、シリルはいとも簡単に絶頂に達してしまった。

「あ、あう、あうううっ」

「イく時はイく、って言うんだ」

咎《とが》めるようにぴしゃりと強く尻を叩かれる。シリルはひぃっ、と悲鳴を漏らしながらも、何度も頷いていた。肉体の芯《しん》を焦がすような興奮。

「ようし。なるべくいやらしい言葉を使うんだぞ」

ああ、こうして身も心も淫婦に変えられていく。だが、部下を人質に取られている以上は、自害することさえできないのだ。

シリルはその晩、無残に初めて身体を開かれたにもかかわらず、強烈な快楽を覚えさせられた。

騎士の誇りさえ踏みつけられて、数えきれないほどの極みを味わわされて。


ふと目を開けた時、自分が柔らかな寝台に寝ていることに気づいた。

――――ここは……？

意識を取り戻したばかりで、何が起こったのかわからない。だがそのうちに、これまでの記憶が一気に脳裏に甦《よみがえ》ってきて、その瞬間に息が止まりそうになった。

「――……っ！　うっ……」

反射的に飛び起きると、下半身に違和感が走る。思わず呻《うめ》いたシリルだったが、とっさにあたりに視線を走らせた。

目に入ったのは石壁と、鉄格子の嵌《は》められた扉。別の壁には、高い位置に窓があり、そこもやはり格子が嵌められていた。

（牢《ろう》、か……）

今更ながらに、捕らえられたという事実がシリルの肩に重くのしかかる。作戦は失敗だ。おそらく国に帰れば、シリルはなんらかの責任を問われるだろう。

帰れれば、の話だが。

――部下たちはどうしているだろうか。

シリルの頭に、まずそのことが浮かんだ。別の場所に捕らえられているというが、本当に無事で、生きているのだろうか。自分がふがいないせいで捕虜になどさせてしまい、申し訳ない思いで胸が張り裂けそうだった。

ため息をついて俯《うつむ》くと、着替えさせられていることに気づく。王国の騎士隊の証である騎士服は脱がされ、一枚の夜着のようなものを着せられていた。帯も何もないそれは寝ている間にひどく着崩れていて、シリルは慌てて前をかき合わせる。その下は裸にされていた。

――俺は。

俺は、何をされた？

媚薬が抜け、素面《しらふ》に戻ると、叫び出したくなるほどの羞恥が襲ってきた。頭の中に次々と浮かび上がる昨夜の狂態。シリルはあの時、ラフィアに犯され、身体中の性感を次々と暴かれ、なんの抵抗もできずに何度も何度も達した。それから彼の部下にも次々と犯されて、最後には卑猥な言葉まで言わされて。

いくら媚薬を使われていたといっても、言い訳できないと思った。王国一の騎士と言われ、代々優秀な騎士を輩出しているカルスティン家の当主が、あんな淫売のような――――。

「ふ…うう……っ」

口から嗚咽が漏れそうになって、シリルは両手で口を覆った。そうだ、自分はあの時、間違いなく悦んでいたのだ。卑猥な行為を受け入れ、貶《おとし》められることに興奮さえした。

自分で自分がわからなかった。どうして、あんなことをしてしまったのか。

その時、扉の向こうでガチャガチャと鍵《かぎ》を外す音が聞こえる。

ハッと身体を強《こわ》ばらせて扉の方を見ると、鉄格子の向こうに金色の髪が見えた。昨夜シリルの純潔を奪ったラフィアだった。

「――――」

無意識に夜着の前を固く合わせて背中を緊張させる。扉が開き、片手に盆を乗せたラフィアが入ってきた。盆の上には食事がのせられているらしく、微かに香辛料の匂いがする。フアルクの特産品のひとつだった。

「起きていたか」

「…………」

シリルは口を噤《つぐ》み、拒絶するようにラフィアから顔を背ける。彼は盆をテーブルの上に置いたらしく、カタリと小さな音がした。

「部屋の居心地《いごこち》はどうだ？　これでも、一番いい牢なんだが」

そう言われてみると、ベッドが妙に寝心地がよかったことに気づく。使われているリネンも清潔なものだった。

「ここは、セディリア城。ファルクの国境から一番近い街にある城だ。国境警備の要となっている。セディリア城だ」

シリルたちは、この城の規模を調べることが第一の目的だった。皮肉にも、そこに捕らえられているとは。

「お前の部下たちも、そう悪い扱いにはしていないから安心しろ。食事も日に二度は充分な量を与えているし、二日に一度は身体も洗わせてやる。――――お前が、ちゃんと俺の言うことを聞いているうちはな」

「……っ！」

一番聞きたかったことを言われ、シリルはラフィアを振り返った。彼は軍服の上着を脱ぎ、シャツをはだけさせている。逞《たくま》しい胸筋が目に入り、ふいに昨夜のまぐわいを思い出した。まるで条件反射のように身体が熱を持つ。

「……目的は、それなのか」

シリルは掠《かす》れた声でラフィアに問い返した。

「俺が、お前の言うことを聞いていれば……、彼らは」

「そうだな。場合によっては、ヨシュアーナに帰してやってもいい」

「……破格の条件だな」

「安心するのは早いぞ。お前が俺の望む通りに可愛い淫乱な奴隷になれればの話だ」

あまりの言いようにシリルの白い頬にカアッと朱が昇る。唇がわなわなと震えた。それは、潔く死なせてもらえたほうが遥《はる》かにマシな話だった。

「そんなに……っ、俺が憎いのか。その顔に俺が傷をつけたから」

ラフィアは同性から見てもほれぼれするほどの美丈夫だった。たとえその顔に傷があったとしても、彼の端整さにはいささかも瑕疵《かし》があるとは思えない。むしろその傷は、ラフィアの顔に荒削りな野性味を持たせ、凄《すご》みのある色香を持たせているといえるだろう。

だが、彼はそうは思っていないのかもしれない。シリルの手によって誰もが見える場所に傷を刻まれ、顔ではなく誇りを傷つけられたと思っているのかもしれなかった。

「……ああ、これか」

ラフィアは指先で自分の顔の傷をなぞる。

「あいにくと自分の顔にはさほど興味がなくてな。お前のような繊細な顔立ちならともかく、別にこの傷で引け目を覚えたことはない。戦っていれば傷を負うのは普通だ。ファルクの戦士ならば、名誉の負傷だ」

「なら、なぜ」

震えるシリルの唇に指を這わせ、彼はどこか情人に睦言を囁くように告げた。

「戦場で戦うお前は、何より美しかった」

思いがけない響きに、シリルは思わず息を呑む。間近で見るラフィアは雄の魅惑に満ちていて、昨夜その証で征服された身体が無意識に熱を持った。

「そして、俺にここまで傷を残した奴もお前が初めてだ。どんな騎士なのかと興味を持ち、気づけばお前のことを調べていた。……また会えるのを心待ちにしていたよ。シリル・カルスティン」

低い声はどこか獰猛な甘さを孕《はら》んでいる。シリルはいつの間にか、この男の魔力にも似た雰囲気に呑まれていることに気づいた。祖国では蛮族の国と言われているファルクの王族。そんな男が、自分のことを考えていたと言う。

「……俺も、国に戻ってからお前のことを調べた」

「ほう」

「ラフィア・マルク・ファルク――――。王弟でありながら、国政に興味を持たず、戦いと享楽に明け暮れていると」

　空気に呑まれまいと必死に抗いながらシリルが告げると、ラフィアは何がおかしいのか、声を立てて笑った。

「なるほど、光栄だ。それなら俺が、どんなに退屈していたのかわかるだろう。何しろここ数年、ファルクに侵攻してこようとする国はお前たちヨシュアーナぐらいなものだったからな」

　ファルクは自らは戦いを仕掛けない。肥沃な大地と稀少な資源を持つ山々、そして豊かな資源を内包する海を持ち、その必要性がないからだ。だが仕掛けられれば容赦なく敵を返り討ちにする。練度の高いファルクの兵士たちは、他国の兵に対し恐れることなく戦った。

「お前たちが我々を蛮族呼ばわりしていることも知っている。だが我々からすれば、傍若無人に領土を広げるべく戦を繰り返すお前たちヨシュアーナのほうが野蛮だと思うがな」

「祖国を愚弄《ぐろう》するつもりか」

　頭に血が昇りかけたシリルを、だがラフィアは一言で斬り捨てた。

「忠誠心の厚い騎士の役を、もう演じるのはやめたらどうだ」

「――――なに……?」

　一瞬何を言われたのかわからなかったシリルは、茫然《ぼうぜん》と問い返す。ラフィアはそれには答えず、ただ口の端を引き上げてシリルの腕を引き寄せ、その細い顎を摑んだ。

「――――楽しみだ。お前が快楽に溺《おぼ》れて、どんなふうに変わるのか」

いや、もう変わっているのか？

低く笑いを漏らす唇が、シリルのそれに重なってくる。俺は変わらない。どんな目に遭わされても屈しない。

そんなふうに返したかったのに、言葉は彼の熱い舌に搦《から》め捕《と》られて、震えて消えてしまった。


「今日も可愛がってやるからな」

「どこまで耐えられるかな」

たった一枚与えられた夜着をむしり取られ、シリルはその無防備な肢体をファルクの兵士たちの前に晒す。

「部下の無事を確認させろ」

羞恥と、素っ裸にさせられた無力さを抑えながらそう訴えると、彼らはにやにやと質の悪い笑みを浮かべて言った。

「構わないぜ。今すぐにでも会わせてやる。だが、その格好で部下の前に出るのか？」

「っ……」

彼らは、自分に衣服の一枚も与えないつもりなのだと、シリルは愕然とした。同時に猛烈な屈辱がこみ上げてきて、きつく唇を噛み締めながら男たちをねめつける。こいつらは、どこまで俺を辱めるつもりなのだ。

「どうしてこんなことを……、あっ！」

強引に腕を後ろに回され、革の手錠をかけられる。たとえ丸腰でもひけを取らないという自負はあったが、無策では自分の部下の命を危険に晒す恐れがあった。

シリルはここに捕らえられて、昨日は無理やり媚薬を使われて犯された。あの屈辱は忘れはしない。

（もう二度と、あんな失態は晒さない）

たとえどんな目に遭わされようともだ。そして昨夜と同じ部屋とおぼしき、続きの扉を開けた瞬間、視界に飛び込んできたモノに思わず目を奪われた。

部屋の中央に置かれた、木製の台のようなもの。半円を描いたそれの下は太い木の支柱で支えられていた。そしてそれには、明らかに性的な目的で使うものだと一目でわかる特徴があった。半円の台座の上にぬうっとそびえる、男根の形を模した――。

「な……何を」

「さあ、それに乗るんだ」

男の一人が、台の上の張り型にたっぷりと何かを塗った。おそらく、昨日の媚薬に似たものに違いない。

冗談じゃない。あんなものに乗せられたら――――。

「い、いやだ、やめろ……っ」

「この期に及んで往生際が悪いぞ」

「まあ、待て、まだ二回目だ。こいつの後ろも濡らしてやろうぜ」

「よしきた」

そう言って男の一人がシリルの背後にしゃがみ込む。双丘を開かれ、ぎくりと身を強ばらせた時、昨夜さんざん犯されたそこにぴちゃりと濡れた舌が押し当てられた。

「あっ」

まさか、という思いもむなしく、男が自分の後孔を舌で舐めていることを知る。そんなことをされるなど信じられなかった。けれど熱くぬめぬめとした感触がいきもののようにそこで蠢《うごめ》く感覚は、シリルに否応なしに昨夜の快感を思い起こさせる。

「あっ、あっ、やめろっ……、そん、なっ……」

「おっと、おとなしくしてろよ。痛いのは嫌だろう?」

冗談ではなかった。こんな恥ずかしい真似をされるのなら、苦痛を与えられたほうがよほどよかった。

だが、立ったままで後ろから尻を舐められ、その屈辱と羞恥がシリルの肉体に思い出させてしまった。昨夜無理やり教え込まれた、恥辱にまみれた強烈な快感を得る場面を。

男の舌が後孔の入り口でくにくにと動き、肉環をこじ開けようとする。そのたびに両脚からどんどん力が抜けていき、立っているのが難しくなった。

「は、ああ……っ」

「ちゃんと立っていろよ」

両側から男に腕を摑まれ、座り込むことを許されない。その間にも執拗に嬲られる後孔は、とうとうその口を開かれてしまった。

「んあ、あう…！」

肉洞の奥がずくりと疼く。昨夜はこの奥を突かれ、わけがわからなくなるほどに乱れてしまった。また、あれを味わわされるのだろうか。

ちゅくっ、ちゅくっ、と濡れた音がして、入り口近くの内壁を舐め回される。人の舌は当然だがさほど奥には届かなくて、うずうずと這い上がってくる刺激はもどかしくすらあった。

「ん、あ、あ…あ、はあっ……」

身体が熱く火照《ほて》ってくる。もはや痺れたようになっている両膝ががくがくとわなないた。

すでに感じることを覚えた媚肉は、男の舌で撫でられるたびにあやしく震える。

「んぁああ……っ」

「舐められて感じるのか」

「もうケツがそんなに気持ちよくなったんだな」

「ち、が、ちが、んんあ…っ」

否定しようとしても、我慢できない喘ぎ声が漏れる。シリルの股間のものは、後ろへの刺激ですでにそそり立っていた。先端から涙を滲ませる屹立《きつりつ》を男たちは見逃さない。張りつめたそれをやんわりと握られ、シリルは悲鳴を上げそうになった。

「もうこんなにしやがって」

「っ、それ、は、あ……っ」

涙目で否定しようとしても、強烈な快楽を得ていることをもはや隠せなくなっている。すると男はにやりと笑い、シリルの前に跪《ひざまず》くのだった。

「こっちも舐めてやる」

「あ、あんんんっ…！」

後ろに舌をねじ込まれ、前を口淫される。その興奮と愉悦は身体の芯を焦がすほどだった。両脚をがくがくと震わせるシリルは、もう自らの力では立っていることができず、両脇を男たちに支えられてかろうじて床に足をつけている。

「や、アっ、だめ…っああ…っ」

「気持ちいいか？」

「い……っ」

陶然とした感覚のまま、いい、と答えてしまいそうになって、シリルは慌てて唇を噛んだ。こんな反応は、奴らを悦ばせるだけだ。

けれども勃ち上がったそれを口中深くくわえられ、舌を絡ませられて吸われて、あまりの刺激に気が遠くなりかける。卑猥な言葉は留められても、喘ぐ声は我慢できなかった。

「まだ素直にならないな」

「なあに、こいつに乗せればすぐさ」

「なら、早くイかせちまえよ」

誰かの促す声が聞こえたと思った時、前後を嬲る舌の動きが一層濃厚になる。シリルが受ける快感も深さを増して、ああっ、と高い声を上げて背中を仰け反らせた。

「は……っあ……っあっ、あぁあっ！」

一瞬、頭の中で白い火花が弾ける。両脚どころか全身をがくがくと震わせ、シリルは男の口の中で白蜜を吐き出す。

「よーし、イったか」

「……っあ…っ」

達すると、しばらく意識がぼうっとなって動けなくなる。男たちはその間にシリルを引きずるように移動させると、責め具の上に持ち上げて跨《また》がらせた。シリルが気づいた時には、その濡れた後孔に張り型の男根が押し当てられる寸前だった。

「や……っ、いやだ…っ」

だが、シリルが抗っても、彼らは肉環の入り口に張り型の先端を導くだけでよかった。なぜなら、強引にイかされ、すっかり力の抜けてしまったシリルは自分の身体を脚で支えることができず、自分の重みでそれを呑み込んでしまう。

「――――んあぁぁあ……っ」

ずぶずぶと卑猥な音と共に、決して小さくはない張り型がシリルの肉洞に沈んでいった。腰を落としては駄目だと思うのに、どうにもならない。凶悪な先端が、疼く内壁をかき分けていく感覚は、恐ろしく気持ちがよかった。

「ひぃ、あ――――あ……っ」

「えらくうまそうに呑み込むじゃないか」

「身体がもう快感を覚えちまったな」

嘘だ、とシリルの意識が叫ぶ。こんなのは俺の身体じゃない。けれど快感を否定する気持ちを、肉体のほうは完全に裏切っていた。腰の奥まで来る男根をもっと味わおうと、細腰が少しずつ揺れはじめる。

「う…そ、あ…あ…！」

動いたら駄目だ。感じてしまう。

けれど、ああ、もっと気持ちのいいところに欲しい――――。

「少しくらい苦しがると思ったんだが、ぜんぜんだったな」

「おい、腕を吊《つ》ってやれ」

シリルの腕を後ろで拘束している手枷《てかせ》が外され、頭の上に再びまとめられた。一瞬だけ腕が自由になっても、後ろを貫かれ、力の抜けた状態ではどうにもならない。シリルは責め具に跨がったまま、両手を天井から吊《つる》されることになった。続いて脚を曲げられ、責め具の側面に添うように固定される。

「うう……っ」

「これで動きやすくなったろう?」

確かに上から吊られたことで重心は安定した。だが、シリルは今にも浅ましく腰を振ってしまいそうになる自分を懸命に抑えている。濡らされた張り型にはやはり媚薬が塗られていたのか、内壁がじんじんと熱く疼き、ただ入っているだけでも感じてしまっていた。

「さっき出したから、少し我慢できるだろう?」

「あっ、あっ、なにっ……!」

ふいに男の一人がシリルのわずかに柔らかくなった股間のものを摑み、その根元に革の拘束具をつけて締め上げる。性器に走る甘い疼痛《とうつう》に、思わずきつく眉を寄せた。

「これで勝手に出せなくなったな」

「どうしても我慢できなくなったら、俺たちにお願いするんだ。ちゃんとできたら外してやる」

「な……っ、ああ…っ！」

まるで悪魔の所業だと思った。この男たちは、どこまで自分を弄べば気がすむのだろう。シリルの騎士としての矜持を汲《く》んでくれるどころか、肉欲の底まで引きずり落とそうとしてくる。これが捕らえられたものの末路なのだろうか。

けれどそれと同時に、シリルの肉体はどこか甘い被虐の快楽に酔いはじめる。肉洞の奥深くにくわえた張り型を締めつけ、腰がゆっくりと揺れはじめた。

「ふ……う…うう……っ」

くちゅっ、くちゅっ、という音が繋《つな》ぎ目から漏れる。いっぱいにこじ開けられた肉環が、無機物である張り型をひくひくと食い締めていた。

（我慢、できない）

見られているというのに、シリルは彼らの前で自ら快楽を貪ってしまっている。死ぬほど恥ずかしいのに、その恥ずかしさまでもが興奮を煽ってしまっていた。

「……ああ……ん…っ」

恍惚とした喘ぎと吐息を濡れた唇から漏らすと、周りを取り囲んでいた兵士たちからごくりと喉を上下させる音が聞こえる。

「ずいぶん愉しそうじゃないか」

「もっと喜ばせてやるよ」

男たちは手に何かを持っていた。シリルがそれに気づいたのは、自分の背中を柔らかいものがすうっと撫でていく刺激に飛び上がらんばかりに感じた時だった。

「ひぁあっ！」

それは、鳥の羽根だった。男たちが手にした羽根が、シリルの身体の至るところを撫でていく。上げられて無防備な腋や脇腹、背中、乳首、臍や内股まで――――。

「あっ、ひぃっ――――、んあぁ、あんっ、や、やぁああ……っ」

細やかな刺激がくすぐったくてたまらず、けれどそれだけではない快感をもたらしてくる。その感覚に耐えられず、責め具の上で悶え、身を捩ると、体内の感じるところを張り型が擦り、背筋が痺れるような悦楽が駆け上がった。

「そらそら、もっと尻を振りな」

「乳首がこんなに尖ってるぞ」

「どこもぶるぶるさせて、気持ちいいだろう」

「あっ、アっ、あぁぁ――――…っ」

羽根の動きに耐えきれず、シリルはあられもない声を上げて背中を反らす。止まらなくな

った腰が淫らに上下するたびに、ぐちゅぐちゅと音を立てて肉洞と張り型が擦れた。身体中の神経が剝《む》き出しになり、そこを直接嬲られているような感覚がする。それほどに、敏感に感じていた。

「あっ…、か…んじるっ」

ずくん、ずくん、と脚の間が痛いほどに疼く。だけど、ああだめだ。ここをされたら、きっとつらい。なのにシリルの股間は、あまりの快楽に硬く屹立していた。根元を縛《いまし》められているせいで充血し、今にもはきちれそうになっている。先端からは物欲しげに雫《しずく》が滴っていた。

「そうか、感じるか」

「なら、ここはどうだ?」

羽根の先が、ついに恐れていた場所に来る。おののくように震える屹立を、柔らかい感触が根元から優しく撫で上げていった。

「あ…あ、ひぃ――…っ」

脳髄が灼き切れそうな快感がシリルを襲う。シリルは顔といわず全身をピンク色に染め上げて啜り泣き、男たちのいたぶりに悶え喘いだ。口の端から唾液が零れているのにも気がつかない。

「もっと泣かせてやるからな。ほら、ここは、たまらないだろう」

裏筋からくびれにかけてを何度も羽根で撫でられて、もうとっくに達していそうな刺激が身体の中で膨れ上がる。けれども、それは叶わない。弾けようとする蜜を、根元に巻きつけられた拘束具が堰《せ》き止めているからだ。

「く…ひぃ――――んっ、ああっ…あんんっ……」

「どんな感じだ？」

「あ、つい…っ、熱いぃ……っ、か、らだ、熔《と》け……っ」

解放されない熱が体内を暴れ回って、今にも肌が火を噴きそうだった。身体中を這い回る痺れるほどの刺激と、後ろを苛《さいな》む張り型の刺激が混ざり合って、もうわけがわからなくなる。

だが、そこに唐突に新たな男が現れた。

「これはラフィア様」

「どんな具合だ」

「はい、責め具による張り型責めと、羽根での刺激にすっかり蕩けています。射精を禁じられて興奮しているようで」

部屋に入ってきたラフィアは、シリルの様子を興味深げに見ている。意識が一瞬我に返ったが、そのせいで肉体の感覚がより鋭敏になってしまったようだ。シリルはいやいやと首を振りながら、哀願するように言葉を漏らす。

「いや…あ、みるな、み……っ」

ラフィアに見られると、いっそう恥ずかしくなる。男たちに責められて悶える姿を見られるのがいたたまれなくてならないが、シリルの身体は少しも理性を取り戻してはくれなかった。

「ほう、だいぶつらそうだな」

ラフィアがシリルの股間に目を留める。そこは先端から泣くように愛液を零し、羽根の愛撫にびくびくと砲身を震わせていた。ラフィアが、兵士の一人から羽根を受け取る。

「ひぃぁあっ」

「お前がどんなに快楽を拒もうが無駄だ、シリル」

ラフィアの指先がシリルの先端を剝き出しにして、そこを羽根で撫で回してきた。下半身が一気に甘く痺れきる。肉体がぐずぐずに熔けていくような感覚。どんなに抗おうとしても、肉体は待ちわびていたように快感を享受する。まるで何年もこんなことを続けていたみたいに。

「昨夜のお前を見て、すぐにわかった。シリル、お前はこういうことが好きなんだ」

「――――っ」

ラフィアの言葉が、沸騰する頭の中に鋭く切り込んできた。それはシリルの中に毒素のように留まり、全身にゆっくりと回っていく。

「ち…が、あ…んんっ」

「そんなに必死に腰を振っていてもか？　出せないのに、自分から刺激してもつらいだけだぞ？」

「ああ……っ」

シリルはかぶりを振ったが、ラフィアの言う通りだった。責め具の張り型の、卑猥な形が内壁の感じる場所をごりごりと抉るのがたまらない。見つけたばかりのその秘所を、シリルは自分から夢中になって責めているのだ。こんなことをしては駄目だと頭の隅で声がするも、止まらない。

「うっ、うう……っ、ああっ！　そ、そこは…っ、や、あぁ…っ」

射精を封じられている状態で快楽を得るのは確かに苦しいのだが、その苦悶さえもいつしか恍惚となっていた。血流に合わせてずくずくと脈打つのが途方もなく気持ちがいい。

「敬虔《けいけん》な騎士の顔をしていて、とんだ淫乱だったな」

「――――ひぅっ……」

ちがう、と言おうとして、腰の奥深くからこみ上げてくる快感に喘いだ。嬲るような言葉に、ひどく興奮してしまう。

「こんなお前の姿を見たら、お前の部下たちはどう思うだろうな？」

「ああ……っ」

シリルの脳裏に、アシュレイとエヴァンスの姿が浮かぶ。気心の知れた親友と、屈託のない後輩の二人。そんな彼らが、こんな筆舌につくしがたい淫らな姿を晒していると知ったら。

「んんん……っ！」

その時、シリルの肉体に新たな異変が起こった。張り型が挿入されている内壁が激しく痙攣し、そこから声も出せないほどの快感が湧き上がってくる。

「――……っっ、ぁ、は、――――……～～っ、っ！」

いったい自分に何が起こったのかもわからなかった。体内からもの凄い愉悦の波が全身へと広がり、びくん、びくん、と断続的な痙攣が走る。頭の中で真っ白な光が弾け、目の前がちかちかと明滅した。

「――後ろだけで、出さずにイったか」

「……っあぁあ、ああ……っ」

自分の中の何かが、完全に崩れたのを感じた。この世にこんな感覚があることが信じられずに、嵐《あらし》のような極みに息が止まりそうになる。

「どうだ。初めて女になった気分は」

ラフィアにぐい、と顎を摑まれて彼のほうを向かせられた。はしばみ色の瞳が、どこか熱っぽくシリルを見ている。その瞳に、シリルはどこか安堵を覚えた。冷たく見下ろされるのではなく、彼もまた欲情に煽られているようだったから。

「思ったよりも早く女のイき方を覚えたな。これからお前ももっと楽しめるぞ」

「あ、ぁ…あ、ああ、はぅ、ん」

いまだ去らない絶頂の波の中で、さらに羽根による緩慢な愛撫を与えられ、シリルの意識はどろどろと煮凝《にこご》る。

自分が快楽のためだけの存在のように思えてきて、それまでの価値観やら立ち位置が足元から音を立てて崩壊していった。

苦しいのに、不思議と爽快な気分だった。


シリルは結局その場では射精させてはもらえなかった。

半ば気を失ったようなシリルは責め具から降ろされると、次の瞬間誰かにふわりと抱き上げられる。その力強い腕の感触に安堵を覚え、思わず身を委《ゆだ》ねた。苛烈《かれつ》な責めに気力が尽きかけていたというのもあるが、自分を完全に預けきるというのは、なんと心地のいいものなのだろう。そんな思いが頭をよぎるのを自覚して、堕落したのだと思った。

ヨシュアーナにいた頃は、毎日気を張って生きてきた。家名の重み、任務の重圧――――。

それは騎士になるべくして生まれてきた自分にとっては必然で、隊を率いて戦いを勝ち抜くのも、当主としての務めを果たすのも、うまくできて当たり前のことだった。

「今、楽にしてやる」

聞き覚えのある低く甘い声が、優しくシリルを慰撫《いぶ》する。

どこかへ連れていくその腕に、シリルは無意識に縋《すが》りついた。


さらさらとしたシーツが肌を滑る感触は心地よい。腕の拘束を解かれ、柔らかなベッドの上で、シリルはなおも甘い責め苦を受けた。ラフィアは茫然自失したシリルを城の自室に連れ込み、まだ根元を縛められているその陰茎を、舌で優しく愛撫している。

「ああっ……、あぅう……っ、や、あ、も、もう…っ、ああ…んんっ」

いくらその行為が優しくとも、吐精を封じられた状態でそんなことをされてはもどかしくて気が狂いそうだ。神経が灼き切れてしまいそうな快感に、シリルはシーツを鷲摑《わしづか》みにして大きく仰け反る。弓なりに反った背中は、切ない感覚にぶるぶると震えるばかりだ。

終わらない快楽の責めに、シリルの高潔な意志は熔け崩れてしまっている。こんな恥ずかしいいたぶりを受けているというのに、両脚は少しも力が入らず、彼が舐めやすいように左右に大きく倒れていた。

「王国の騎士も、こうなってはひどく可愛らしいものだな……」

「あっ――――あ…っ、ああ、そこぉ……っ」

舌先がちろちろと裏筋を舐め上げ、くびれから先端にかけてを吸い上げてくる。そうされると下半身全体が痺れて、腰骨が熔けそうになるのだ。

「あぁあっ、さ、先のほう…っ、つらい……っ」

神経が剝き出しになっているような鋭敏な場所を、こんな状態で吸われてつらくないわけがない。だがそう訴えると、ラフィアは舌先を尖らせ、それを指で押し開いた小さな孔にねじ込むようにした。

「ここか？」

「ひ、ひぃ――――…っ、ああっ、し、しぬぅ――――…っ」

恐ろしいほどの刺激が襲ってくるのに、達することができない。この縛めを解かれ、思いきり射精することができたなら、どんなにか気持ちいいだろう。なのにそれができない苦悶に、シリルは本当に死んでしまうと思った。

「お、ねがい、そこっ……、出させてっ、もういじめないでぇ……っ」

許容量を軽く上回る快感に、シリルは意地も誇りも投げ打って哀願する。今はもう、ここを解放してもらって精を放つこと以外は考えられなかった。びくびくとわななく下肢を止めることができず、憎いはずの敵将の前で腰が淫らに揺れ動く。

「お前が心から屈服したら、ちゃんと出させてやろう」

ああ…と、シリルは、絶望のため息を漏らした。やはりこの男は、自分を徹底的に辱めずにはいられないのだ。

「お前が堕ちるところが見たい、シリル」

こんなに残酷なことを言っているというのに、その囁きはどこか甘い響きを孕んでいるように聞こえる。ここに捕らえられた時から、さんざんに犯され、欲望の汚泥を這いずり回されているというのに、この男はまだ満足できないのだろうか。

どうしたら、ラフィアの欲求を満たすことができるのか。シリルは惚《ほう》けた頭で、必死にそれだけを考えた。できるだけ淫らな言葉を口にすべく、震える唇を開く。

「出したい……っ、ここから、いやらしい愛液を出させ、て……っ、思いきり出して、イきた……っ」

「男に、俺に抱かれ、屈服するのが好きか？」

「す、き、気持ちよくなるの好き……っ、もっと、いじめていいから……っ」

彼に導かれ、次々と卑猥な言葉を口にしているうちに、シリルは陶然となった。

そうだ。自分はこれが好きなのかもしれない。拘束され、犯され、快楽にのたうって羞恥と屈辱に身を焦がすこの行為が。

素面の時であれば憤死ものの考えだということを、興奮しきっていたシリルは気づいていなかった。ただ肉体が渇望するものを求めることに必死だったのだ。

そんなシリルの必死な訴えを聞いたラフィアは、やっと満足したように酷薄そうな笑みを浮かべた。

「とりあえず、いいだろう。今日のところは上出来だ」

許された、と感じて、シリルの目に安堵の涙が浮かぶ。根元の縛めにラフィアの指がかかって、ひくり、と喉が上下した。彼の指はもどかしいほどにゆっくりとその留め具を外していったが、やがてとうとう、忘れかけていた感覚がカァッ、とこみ上げてくる。

「ああ……っ」

「望み通りに、思う存分出すといい。見ていてやる」

大きな手で根元からぐぐっ、と扱《しご》き上げられた時、到底耐えられるものではない刺激が腰から精路へと一気に押し寄せてきた。

「く、ひぃ――――……っ、んん、あぁあ――――……っ、～～っ、～～っ」

はしたないほどに腰がせり上がり、シリルはまるで見せつけるようにラフィアの目の前で射精する。

待ち望んでいたその感覚はあまりに強烈で、シリルは充血してはちきれんばかりに膨らんだ屹立の先端から、おびただしい白い蜜を噴き上げた。自分が上げているあられもない嬌声が、どこか遠くのほうから聞こえてくる。

「あっ、あっ、ま、まだ出る、とまらなっ……っ」

射精のたびに訪れる断続的な絶頂に脳が灼き切れるかと思った。そんなとんでもなくはしたない姿を、ラフィアの焦げつくような視線に搦め捕られる。こんなに淫靡《いんび》な自分を見られている。そう思うだけで、興奮でまた昇りつめそうになるのだ。

「シリル……」

熱っぽい、ため息のように自分を呼ぶ声が聞こえる。次の瞬間、シリルは乱暴に手足を組み伏せられ、開いた内股に手をかけられた。

「ああ、んあっ」

「お前は、俺を興奮させる」

張り型でさんざん責められた後孔は、前への刺激にひくつき、物欲しげに開いたり閉じたりを繰り返している。そんな場所に熱く猛ったものが押し当てられ、一気に貫かれた。

「んぁあぁぁんっ」

ぞくぞくっ、と背筋を駆け抜ける戦慄《せんりつ》。ラフィアの凶悪なものは、シリルの肉洞の奥まで届き、覚えたばかりの雌の快感をもたらす場所を探り当てた。

「ああ、あぁああ……っ、い、いい……っ」

シリルは恍惚とした表情で喘ぎ、拘束されていない両腕でラフィアの背をかき抱く。すぐに規則正しい律動が襲ってきて、そのたびにあっ、あっ、と声が出た。

「……搾りつくされそうだな、お前の中は……」

ラフィアが腰を使うごとに、じゅぷじゅぷと内壁が卑猥な音を立てる。感じる粘膜を思う様擦られて、シリルは彼の逞しい体軀の下で仰け反った。いい。よくてたまらない。絶頂を迎えたばかりの身体は、一層敏感になって男をくわえ込んだ。

「ふぁあ、ああ、ふか、いっ……、あっイくっ、……後ろで、イくぅ……っ」

「ああ、いいぞ、中が痙攣しているな……。俺も気持ちがいい」

「ふう、ぅんっ、――――んぅあぁああ……っ」

凶器の切っ先で弱いところをくじられて、シリルは思い切りラフィアを締めつけて達する。彼の熱い吐息が首筋にかかる感覚にすら感じ入ってしまい、泣き声を上げながら自ら腰を揺すった。

体内に染み込んでいくような、ラフィアの灼熱《しゃくねつ》の塊。それはシリルをただの淫獣へと変えていってしまう。

「どこが好きなんだ……？　言ってみろ。好きなとこを突いてやるから」

知っているくせに、彼はわざとそんなことを言った。シリルに恥ずかしいことを言わせるためだ。けれど今のシリルは、それに抗う手段を持たない。

「あっ、お、おく、の……っ、そっ、そこ、ああ、そこ、一番すき……っ、あっやだっ、そんな、そんなに…っされたら……っあっ、んぁあぁあ……っ」

「んん？　ここがいいんだろう？」

ラフィアの先端に、雌になってしまう場所をごりごりと抉られ、シリルは全身で悦びを訴えた。肉洞全体できゅうきゅうとラフィアを締めつけ、その媚肉《びにく》で嬉しそうにしゃぶる。

「いぃい……ああ……っ」

身体中が燃え上がりそうだ。脚の付け根がびくびくとわななき、宙に放り投げられた脚のつま先も快楽のあまり開いたり閉じたりを繰り返している。

「シリル……」

ラフィアは名前を呼ぶと、シリルの唇に口づけてきた。喘ぐばかりのそれを塞がれ、深く舌を搦め捕られて吸われて、喉の奥からくぐもった呻きを漏らす。けれどそれは、甘い響きを伴っていた。

「んう、ふぅうんん……っ」

彼は最初の時もこうしてシリルの唇を奪っていった。彼に口を吸われると、全身の力が抜けてしまう。肉厚の舌が口腔の中を舐めていくのが気持ちよくて、シリルはいつしか自ら舌を差し出していった。

「……ふう、ああ……」

まるで恋人か何かのようだ、とすら思う。けれどシリルはすぐに馬鹿馬鹿しい、と打ち捨てた。この男は、ただ自分を雌のように扱い、辱めているだけだ。そしてそれに屈してしまっている自分は、情けない存在なのだと。

「……お前は、可愛いな……」

「あっ、やっ」

まるで睦言のように耳元で囁かれて、びくん、と身体が跳ねた。そんな、こんな戯《ざ》れ言《ごと》に。

そこまで心が引きずられてしまったというのか。

「さあ、一番奥で出してやる」

「……だ、出し、て、ふかく……っ」

それでも彼の精を身体の深部で受け止めたくて、シリルの両脚が勝手にラフィアの腰に絡みついた。それに気づいた彼が、ふっ、と優しく笑う。

「――……っ」

きゅううっ、と腰の奥が引き攣れるように震えた。

一際大きく腰を動かされ、そして小刻みに突き上げられて、シリルの肉体が快楽の悲鳴を上げた。

「あっ、あっ、あっ！」

「――っ、くっ……！」

まるで苦痛でも堪えるかのようなラフィアの呻きと共に、内奥に灼熱の精がぶちまけられる。それはシリルの媚肉を侵すように肉洞全体に広がっていった。

「――んぁあっ、あ、あつ、いっ……！」

どくどくと注がれるそれを堪能しながら、シリルはもう数えきれないほどの極みに多幸感すら覚える。

心が肉体に引きずられていっているのだろうか。それはわからない。

なのに身体にかかる重みは、確かに心地よかった。


「んんっ……」

ゆっくりと引き抜かれた男根の後から、ラフィアの放った精液が溢れる。シリルは自分が放ったそれと彼のものとで下腹や胸、そして顔さえも白く汚れてしまっていたが、それを気にする余裕すらなかった。限界を超えた快楽に苛まれて、指一本動かすことすら億劫になっている。

「すごい眺めだな」

ラフィアはそんなシリルを眺めて小さく笑ったが、何かを言い返す余裕すらない。まだじんじんと痺れる手足を投げ出して息をついていると、ラフィアが「少し待っていろ」と言い残してベッドを降りた。

まだ何かされるのだろうか。それならそれで構わない。好きにすればいい。そんなふうに思って目を閉じていると、彼が戻ってきた気配がした。

「――――」

盥《たらい》から湯気が立っている。ラフィアは手にした布をその盥に浸すと、固くしぼってシリルの身体を拭きはじめた。

「っ……」

「朝になったら湯浴みの用意をして、頭から脚のつま先まで洗ってやる。今は動くのはしんどいだろう?」

「…………」

シリルは覗き込んでくる男の顔をまじまじと見つめる。困惑が顔に出ているだろうに、ラフィアはどうした? などと尋ねてきた。

「……どういう気まぐれだ……?」

「何がだ」

「そんな……、大事にするなんて」

その気になってはいけないと、シリルは男の陽に灼けた端整な顔から視線を逸らす。そんなことを考えてしまう自分の甘さに恥じ入り、頬が熱くなった。だがラフィアは、意外なことだと言いたげに片眉を上げる。

「お前のことは最初から大事にしているだろう。一番いい牢に入れてやったり、痛くないようにしてやったろう？　使い捨てにするつもりはないからな。――――脚を上げろ」

「それは……、んんっ」

　ひどい有様になっている下半身を拭かれて、思わず呻きが漏れる。徐々に理性が戻ってきた今となっては恥ずかしさがこみ上げたが、ラフィアはお構いなしにシリルの身体を清めていった。

「それなら、人にさせればいいのに……。王族がこんなことをするなんて」

「いつも世話をされるばかりだからな。こういう時ぐらいはしてみたいのさ」

　どこまで本当かわからない言葉に、シリルはため息をつく。頭が冴《さ》えてくると、いったい何をやっているんだろうという気持ちが強くなってきた。自分は捕虜で、捕らわれて凌辱を受ける身だというのに。

　やがてラフィアが手際よくシリルの身体をきれいにしてしまうと、当たり前のように隣に寝ようとしてくるので、こちらのほうが焦ってしまう。

「縛らないのか」

「なんだ、縛ってほしいのか？」

「違う。ここは牢じゃなくて、お前の部屋だろう。俺が逃げ出さないとも限らないのに」

「お前は逃げないさ」

「……部下を人質にしているからか」

口惜しさを感じて、シリルは唇を噛む。確かに彼らの存在がある以上、自分一人でここを逃げだそうなどという考えは起きなかった。今やアシュレイらは、シリルにとって最後の心の拠《よ》り所《どころ》のようなものだ。彼らがいるから、自分はまだ騎士でいられる。

「あいつらは、本当に無事なんだろうな」

気だるい身体を起こし、ラフィアに詰め寄るシリルだったが、彼はシリルの首の後ろを摑むと、ぐい、と自分のほうに引き寄せた。

「！」

「そんなに気になるか？」

「……当たり前だ。彼らの命の責任は、この俺にある。こんな結果になったのは、俺に力が足りなかったからだ」

「本当にそう思っているか？」

ラフィアは薄笑いを浮かべてこちらを見ていた。その表情に、シリルは何か不穏なものを感じ取る。彼は、自分の何を知っているのだろう。

「わからないのなら教えてやろう。それはお前の言い訳だ」

「……言い訳……？」

「俺たちの策にはまったのも、今のこの状況も、すべてお前が望んだことだ」

「な……？」

彼が何を言っているのか、ちっともわからなかった。

「今もそうだ。お前は俺の言うことを、わからないと思っている。認めたくないからだ」

「なに……を」

「だが、気づいているんだろう?」

ラフィアがシリルの黒髪を指で弄び、唇を近づけた。どくん、どくんと心臓が高鳴る。まるで肉体を暴かれている時と同じような昂ぶりに、シリルは動揺した。

「以前お前と戦ってから、なんとなくお前のことを調べてみた。カルスティン家の当主であり、蒼騎士隊の隊長――――。だが、報告で上がってくる事柄と、実際に前にしたお前とはどうも齟齬があるように思えてならなかった」

「どうしてそんなことがわかる。一度剣を交えただけで――――」

「俺は王族である前にファルクの戦士だ。敵とはいえ、一度戦えば相手の本質は見えてくる」

シリルは思わず息を呑む。ではこの男は、知っているというのだろうか。シリルが知り得ない、いや、認めないシリルのことを。

「ヨシュアーナでのお前は、ずいぶんと重圧に晒されていたのではないか?」

ずばりと言い当てられ、シリルは狼狽《うろた》えて目を逸らした。

「下手に腕が立ち、有能だったのが災いしたな。お前は本当は、騎士なんかよりもこうして、男に可愛がられるほうが好きなんだ」

「――――やめろ」

「だからこんな短い時間で身体のほうが堕ちたんだ。待っていたんだろう？　ああされることを」

「ちがう」

まるで自分に言い聞かせるようにかぶりを振るシリルに、ラフィアは微笑みかける。

「王弟という身分も不自由なものだ。お前の気持ちも少しわかる。俺も長い間退屈だった。戦場で敵と戦いたいのに、そう前線にばかり出ているわけにもいかん。どこかに、血のたぎるようなものはないかと探していた」

そういうラフィアの瞳には獰猛な光が見え隠れしていて、彼が平穏の中に生きる男ではないということを表していた。きっと、彼には獲物が必要なのだ。蹂躙《じゅうりん》し征服し、そして時にはきまぐれに可愛がることのできるような。

「シリル――――。お前と出会った時、見つけたと思った。お前なら、俺の無聊《ぶりょう》を慰めてくれると」

お前ほど刺激的な存在はない、と続けるラフィアを、シリルは茫然としながら見つめる。

二つに引き裂かれてしまいそうだ、と思った。

だが、自身にも心当たりがあることにシリルは気づいている。

アディルの宿で、下働きの少年が部下たちに凌辱されている場面を目にした時、シリルは確かに興奮を覚えていた。あの時はそれがなんなのかわからなかったが、今なら理解できる。あれはシリルの情欲の衝動だ。

自分もあんなふうに犯されたい。裸に剝かれて奥の奥まで晒され、いやらしい愛撫を受けながら何度も達したい。

そんな淫蕩《いんとう》な欲望を、自分はずっと抱えていたのではないだろうか。

「お前は歪《いびつ》で、不憫《ふびん》で、それゆえに美しい。そんなお前が快楽にのたうち回るところを、俺はずっと見ていたい」

「…………っ」

シリルは何も返すことができなかった。これまで気づかなかった、いや、気づかないようにしていたものを引きずり出され、これがお前なのだと突きつけられる。

物心ついた頃からずっと抱えていたものを、それは嘘だと否定されたようなものだ。

ぐらり、と足元が揺れる。

「心配するな。俺がずっと可愛がってやる」

ラフィアの声はひどく甘美な誘惑を孕んでいた。それを振りきるのは難しい。彼の言葉は、飢えた旅人の前に置かれた甘い果物のようなものだ。

少なくとも、自分はもう国にいた頃の自分には戻れないだろう。いくら仮面を被ろうと足《あ》掻《が》いても、男の味を知ってしまったものは取り消せない。
混乱し、うまく考えられない頭の中で、シリルはぼんやりとそう思った。

ここに連れてこられてから、もうすぐ二週間が経とうとしていた。

シリルは牢というにはいささか上等な、けれども扉や窓に鉄格子の嵌められた部屋のベッドの上で、一人膝を抱えている。

視線の上には鉄の棒でしつらえた窓があった。小さく切り取られたその空の中を、鳥が飛んでいくのが見える。

自由に空を舞うその姿に、かつては憧《あこが》れていたことを思い出した。すべてのしがらみから外れて、あんなふうに思いのままに飛んでみたいと。

だが、今はどうだろうか。家名や立場というものからは、確かに今は離れているのかもしれない。

(だが、それでも国に帰れば、俺はカルスティン家の当主であり、蒼騎士隊の隊長だ)

帰れるのかどうかはわからないが、自分という人間が存在する限りはそれは消えないだろう。今はこんなみじめな姿を晒していても、それもまた自分を形づくった要素なのだ。

たとえ、仮面であっても。

それなしでは、シリルという人間はこれまで生きてこられなかったのだから。

（あの男の言うことに、惑わされるのはやめよう）

ラフィアの言葉はまるで甘い毒のようにシリルの中に染み込んでくる。あの夜、自分の中の欲に気づかされ、激しく動揺させられたことはまだ記憶の中に新しい。

だが、男たちに弄ばれている時ならばともかく、こうして素面に戻れば、自分はまだ冷静さが残っているではないか。欲望を剝き出しにして卑猥な言葉を口走ったことに対しても、羞恥を感じる理性はある。

だからまだ大丈夫だ。

（できれば、ここから脱出できればいいのだが――――）

それにはやはり、部下を人質に取られていては動けない。せめて接触できればいいのにと、シリルは思索を巡らせた。

「――――おい」

「っ！」

急に声をかけられて、びくりと身を竦ませる。扉の向こうにファルクの兵士が立っているのが見えた。彼はあたりを見渡すと、ガチャガチャを鍵を外して牢に入ってくる。

「っ……」

「心配するな。何もしやしねえよ」

ベッドの上で身を固くするシリルに、男は慌ててとりなすように言った。まだ若い、自分と同じくらいの年の兵士だった。

「見張りを代わってもらったんだ。あと一時間は戻ってこない」

「……どういうつもりだ？」

まだ警戒を解かないシリルに、若い兵士は声を潜めて囁く。

「あんた、自分の部下に会いたいんだろ。会わせてやるよ」

「え？」

思いがけないことを聞いて、反射的に男の顔を覗き込んだ。彼はシリルにじっと見つめられると、どぎまぎしたように顔を赤らめる。

これまで見たことのない兵士だった。自分を犯す男たちの中に、果たしていただろうか。

「あ、あんたがひどい目に遭ってるのを見て、可哀想だって思ってさ――。俺もやれって言われたんだけど、断ったんだ。そんなことできねえよ。伍長《ごちょう》たちは意気地のない奴だって笑ってたけど、抵抗できない奴をヤるなんて卑怯だ」

シリルは意外に思った。この男は、ではあの中にはいなかったのだ。どうりで見覚えがないわけだと思う。

「だ、だから、逃がしてやることはできないけど、ちょっとくらいなら会わせてやってもいいぜ。気になっているんだろ」

「……本気か？」

男の真意を問いただしつつも、シリルは素早く考えた。アシュレイたちのいるところがわかれば、今後自分が何か事を起こしても、大幅に動きやすくなるのは間違いない。逆に彼らに自分の居場所も教えれば、その確率はさらに上がる。

何よりも、それまで動きたくともどうにもならなかったシリルにとって、その言葉は大きな足がかりになると思った。ここでこの男を倒して脱出しようか――。そんな考えがちらりと頭を掠めたが、まだ焦らないほうがいい。まずは部下たちの無事と、監禁されている場所を確かめることが先決だ。

「わかった。案内してもらおう。恩に着る」

シリルは一枚だけ与えられた夜着の前をかき合わせ、ベッドから降りる。

「こっちだ」

男に先導されてそっと牢を抜け出す。あたりを窺《うかが》うと、シンと静まり返っていた。遠くのほうで誰かが訓練でもしているのか、勇ましいかけ声が聞こえる。

シリルは男と共に廊下を小走りに駆けた。いつも犯されるために連れていかれる部屋とは逆方向になる。男は階段を降りて、そこからまた何度か廊下を曲がった。シリルはその道筋を正確に記憶しようと注意深く曲がり角を数える。

「あんたの部下がいる牢は、この先だよ」

目の前に分厚い鉄の扉があった。シリルは壁に身を隠してそちらを窺ったが、扉の前には見張りの兵士がいた。

「どうするんだ」

「ちょっと待ってて」

男は先に進むと、見張りの男に何かを話しかけている。その内容までは聞こえなかった。

やがて見張りが頷いてどこかへ消えると、男はシリルを手招きした。

（――ようやく彼らに会える）

およそ二週間ぶりに顔を合わせることになるが、会ったらどんな言葉をかけてやろう。いや、それよりもまず、情報の交換が大事だ。あまり時間がない。

（まずは、こちらの牢の位置を彼らに教える）

それから見回りにくるタイミングなどを確認することが必要だろう。

そんなふうに頭の中で考えを巡らせ、シリルはその扉に近づいた。

「――どこへ行く気だ？」

ふいに後ろからかかった声に、背筋に冷水を浴びせかけられたような感覚を覚える。

それは、あまりに聞き覚えのある声だった。

「そっちには確かにお前の部下がいるが、そんな格好で会うのは感心しないな。いたずらに奴らの劣情を煽ることになる。なにしろ、ずっと禁欲しているからな」

コツ、コツと近づいてくる足音に、シリルは動けずにいた。それでもどうにかして後ろを向くと、ラフィアと、そして彼の背後には何人かの部下がいるのが見える。

——ああ。

駄目だったのだ。

シリルの足から力が抜けそうになった。それでも最後の矜持で、どうにかそこに踏みとどまる。

「イザン。どういうつもりだ」

「も、申し訳ありません、ラフィア殿下！」

イザンと呼ばれた若い兵士が、シリルの目の前で跪いて許しを請う。

「じ、自分はただ……。彼の、部下に会わせてやりたくて……っ、ほんの少しなら、と」

「それでこいつに牢の場所を把握され、脱獄の相談でもされたらどう責任を取るつもりだった。お前一人の命ではすまないぞ。郷里に家族がいるのだろう？」

「——お許しください！」

イザンの悲鳴のような声が響く。シリルは彼のことを気の毒に思った。ほんの少し自分に情け心を出してしまったがために、家族もろとも処分されてしまっては寝覚めが悪い。

「彼は悪くない。俺が無理に頼んだんだ」

「——お前が？」

ラフィアは首を傾げながらシリルを見た。シリルはその瞳を真っ向から見つめ返そうとする。

「そうだ。俺が――彼を誘惑して、ここに連れてきてもらった」

「――」

ラフィアの目がわずかに眇《すが》められる。シリルは挑発的に見えるように意識して、彼から目を離さなかった。

「なるほど」

目を逸らしたのはラフィアのほうだった。彼は面倒くさそうにイザンを見やり、控えていた部下を向かわせる。

「イザン。お前はしばらく謹慎していろ。今回だけは命を繋げておいてやる」

「あ、ありがとうございます……！」

イザンのもとに向かった兵士が彼を立たせ、どこかへと連れていく。シリルとすれ違った時、彼はちらりとこちらを見上げ、すまなそうな顔をした。

(この扉の向こうに、彼らがいるというのに)

シリルはもどかしい思いで扉に視線を移す。見つかってしまったことで、彼らは警戒を強めるだろう。おそらくこんなチャンスは、もう訪れない。口惜しさに唇を嚙み締めた。

「さて、お前にはお仕置きを与えてやらねばな」

すぐ側までラフィアが来ていたことに気づかず、急に目の前に立たれて思わず怯んでしまう。先ほどは真っ向から彼の視線を受け止めたが、それはあのイザンという兵士の命がかかっていたからだろう。背の高い彼にこうして見下ろされると、どきどきと鼓動が高鳴った。

「もしや、それを期待していたのか？」

「そんなわけ――――」

消え入りそうに言葉を漏らし、自らの身体を守るように両手で肩を抱く。周りにいるラフィアの部下たちも、好色そうな目でシリルを見ていた。

「期待されたなら応えねばな」

ラフィアの口の端が、笑いの形に上がる。

ああ――――、またひどく責められる。

淫虐の予感に、シリルの身体が震える。けれどそれと同時に、肉体の芯にも、熱い火種が灯《とも》るのを自覚せずにはいられなかった。

シリルはいつも凌辱を受ける部屋に連れていかれ、そこでベッドに転がされた。そうして右手と右足首、左手と左足首をそれぞれ縛られるという、屈辱極まりない格好で拘束される。

当然恥ずかしい部分は何も隠すものがなく、無防備に男たちに向かって開かれていた。

「あ、うう……っ」

そして、どれくらい放置されたのだろうか。シリルは自分の下肢から湧き上がってくる、異様な感覚に喘ぐ。

ラフィアは部下にシリルを縛らせた後、その陰茎に媚薬を施した。だが、それが入っているのは精を吐き出す小さな蜜口だった。ラフィアはその中に、極細の棒状の媚薬をゆっくりと入れた。そんな場所を弄ばれるとは思わず、はじめは抵抗したシリルだったが、狭い精路をこじ開けられる感覚に思わず背筋が震えてしまう。そうして細い鎖のついたピンで蜜口に栓をされ、彼は部屋を出ていった。

シリルは卑猥な格好のままで一人残される。すると体熱によって精路の中の媚薬が徐々に溶け、今度はそれがもたらす疼きと焦燥感に悩まされることになった。

肌にしっとりと汗をかいたまま、もうどのくらいの時間が経ったことだろう。

「う…ふ、ぅん、あ…あっ」

ずくん、ずくん、と、ありえない場所が疼く。弱い射精感にも似た感覚が延々と続いていた。誰もいないので思う様腰を振るが、疼きは一向に治まらない。

（ああ――――つらい）

この中を、思いきり擦ってほしい。

それがどういう感覚をもたらしてくるのかはわからないが、きっと気持ちがいいだろうと思った。なのにいつまで経ってもそれを与えられず、緩やかな愉悦だけがシリルを苦しめる。

「はあ……っあうう……っ」

誰か。

シリルは自分を辱める存在を呼ぶ。

脳裏に浮かび上がるのは、褐色の肌に金髪を持つあの男だった。ラフィアのことを考えると、身体の内側から熱がこみ上げてくる。

あの男にいたぶられたい。前後不覚になるまで快楽で責められ、身も世もなく泣き喘ぎたい。

媚薬で蕩かされた意識の中、シリルはひたすらそんなことを考える。

そしてもう時間の経過すらわからなくなった頃、熱に支配された頭の中に、扉の開く音が聞こえた。

「どうだ、気分は」

ラフィアが部下と共に入ってくる。自分をこんな目に遭わせている張本人だというのに、彼の姿を見た途端に泣きたくなるほどの安堵に襲われた。

「よく時間を置いたからな。だいぶ出来上がっているだろう」

ラフィアがシリルの脚の間を覗き込み、震えながらそそり立つ陰茎にそっと触れる。

「んあぁあっ」

「つらいか？　栓から愛液が溢れているな。抜いてやろう」

「あ……あ……ああっ……」

指先がピンにかかり、ゆっくりと引き抜かれていく。ずずっ、と精路が擦られていく感覚に感じたのは、痛みではなく、震えるほどの快感だった。

「あんん————ああぁ……っ」

「おっと、零すなよ」

けれどラフィアはシリルの先端を指の腹で塞いでしまう。あわれなシリルは、ほんの少し擦られただけで、またしても快楽をお預けされてしまうことになった。

「んぁあっ…、ああっ、いやだ、ああ…っ」

もっと、とねだるように白い尻がはしたなく振られる。揺れるシリルの身体を、周りの兵士たちが押さえつけた。

「よっぽど欲しくなっているようだな————。安心しろ、今やる」

見上げたラフィアの手には、新たな淫具が握られていた。ところどころの幅が狭くなったり広がったりしている。細長い棒状のもの。

見ればわかる。あれが自分の疼いている孔を責めるのだ。

「ここを責められるのは初めてだろう？」

シリルは喘ぎながらこくこくと頷く。

「この孔はやみつきになるらしいぞ。今からたっぷりと責めてやる」

淫具の先端が指を退《ど》けた蜜口に押し当てられ、そっと押し込まれた。ちゅぷ、と音がして、それはシリルの精路の中に呑み込まれていく。

「――――あ、あっ！」

衝撃にも似た刺激が腰から背中を走って、びくん、と身体が跳ねた。

「あまり暴れるなよ。怪我《けが》をする」

ラフィアがそう言うと、押さえつける手の力が一層強くなる。シリルは身動きすらできずに、自分の身体の深部を犯してくる刺激を味わわされた。

「少しずつ、奥に入れてやるからな……、そら――――」

「――――っ、ふ、あ、くぁあぁ……っ」

彼は棒をゆっくりと揺らしながら、その先端を確実に精路の奥に沈めてくる。そのたびに腰が熔けていくような快感がこみ上げてきて、シリルは頭の中をかき回されるような法悦に啜り泣いた。この身体に、まだこんなに感じる場所があったなんて。

ぐちゅ、ちゅぷ、という音を立てながら、淫具が狭い場所を犯していく。張りつめた内股はぶるぶると震え、真っ赤に上気していた。

「あんっ……あんんっ……！」

「気持ちいいのか？」

「は、ひ…っ、き…もち、いい…っあぁあ……っ」

　今やシリルは素直に快感を表していた。なんといっても媚薬で念入りに準備され、放置されたところを淫らに擦られているのだ。こんないやらしい場所を。

「泣くのはまだ早いぞ」

　ラフィアの声と共に、淫具が一際奥へと挿入される。ぐぐっ、と入ってきたと思った途端、棒の先がどこかに触れた。その途端、とんでもない快感が襲ってくる。

「――――っ！　あ、あっ！」

　唯一動かせる喉が反った。強い絶頂のような感覚が、いつまでも腰のあたりにまとわりついている。ラフィアはそこまで入れてしまうといったん淫具から手を離したが、勝手に震え出すような快感はいつまでも去らなかった。

「ここが一番いいところだ。どうだ？　こたえられないだろう」

「ふ、あ…あ、あぁああ……っ」

　身体中がじんじんと痺れて、シリルは答えることができない。ラフィアは淫具で串刺《くしざ》しにされたシリルのものを、根元からそっと撫で上げた。

「ああ、ああっ……！」

　羽根のように触れてくる愛撫がいっそつらくて、あられもない泣き声が漏れる。異様な快感が後から後からこみ上げてきた。ただ入っているだけで死にそうに感じているというのに、ラフィアの手が再び淫具にかかり、中でそれをぐるりと回した。

「ひぃ、アっ……！　あぁあっ！」

粘膜が擦れ、腰骨が灼けついてしまいそうな快感が全身に広がっていく。

「も、もうだめっ…！　だめっああっ、許して、ゆるしてーっ！」

「駄目だな。勝手に牢を抜け出した罰だ」

ラフィアは戯れのように棒を回したり、あるいはその先端をとんとんと叩いてシリルの奥に振動を与えたりした。

「ひぃっ、ひぃ――――っんっ」

過ぎる快感に、シリルにはもう泣き喚くことしかできない。精路の奥深くにある官能の核を捕らえられては、耐えろというほうが無理な話だ。

(熔ける、とける)

痺れすぎた下半身の感覚はとっくにないのに、神経だけが鋭敏になっていた。ほんの少し淫具が動いただけでも全身が絶頂に包まれてしまう。シリルは口の端から唾液を零しながら、ひいひいと喘いでいた。理性など、もうどこにも残っていない。

「なんて乱れっぷりだ……」

「ああ、とてもついこの間まで騎士をやっていたとは思えないな」

シリルを押さえつけている男たちがごくり、と喉を上下させた。

「お前たちも、あちこちを弄ってやれ」

そうラフィアに促され、男たちの手が待っていたとばかりに悶える肢体に伸びる。なだらかな胸の上で尖る乳首を摘まれ、こりこりと転がされて、胸の先から稲妻のような快感が走った。それは腰の奥に直結して、より深い極みへとシリルを堕とす。

「あああっ……ああんんっ……！　いぃい…っ、すごいぃ……っ」

全身を這う愛撫の指。どこに触れられても快楽しか感じず、不自由な体勢で緊縛された身体をびくびくと震わせた。

開かれたままで縛られた股間の奥、双丘の狭間の蕾《つぼみ》は、他の場所への濃密な刺激によってひっきりなしに口を閉じたり開いたりしている。そんな後孔に熱く硬いものの先端を押し当てられ、シリルはびくりとして目を開けた。

「あ、そ、そんなっ……」

今ここを貫かれたら。

「お前の泣きどころを、前と後ろから責めてやる」

ぐぷ、と音がして、ラフィアの猛々しい凶器が肉環をこじ開けて侵入してくる。さんざんに感じさせられた肉体は嬉しそうにその男根を呑み込み、奥へ奥へと誘《いざな》っていった。

「ああんんっ――――…っ、んふぅう――――…っ」

ぞく、ぞくと湧き上がる波にシリルは喜悦の表情で嗚咽を漏らす。挿入された瞬間に達し

てしまい、中のものをきつく締め上げた。それでもラフィアはその媚肉を振りきるようにして奥へと進んでくる。『その場所』がもうわかってしまっているシリルは、彼の凶器の先端がそこへ届くのを恍惚とした思いで待っていた。

「ア、はぁっ…あ、は、入って、く……っ」

犯されていく。深い場所まで。

そしてとうとう男根の先端が、今まさに淫具で嬲られている場所の裏側を探り当て、その張り出した部分でごりごりと抉り出される。

「――――あ、あはぁあぁぁ……っ、――――っあ、ひぃんん――――…っ」

おかしくなってしまう。シリルは本気でそう思った。脳髄が焦げるほどの快感に全身を包まれ、めいっぱい反った背に不規則な痙攣が走る。

「あっイく……! ずっと、イってるのにっ……、と、止まらな……っ、あんんん……っ」

肉体はもうずっと、酷なほどの快感に晒されていた。つらくてたまらないのに、身体はもっともっとと快感を貪る。

「これが好きか?」

「あふぅう……っ、す、す…きっ」

「それでは仕置きにならないな」

ラフィアの言葉に、周りの男たちからも淫靡な笑いが漏れた。けれど、もういい。気持ちよくてたまらなくて、他のことはどうなってもいい。

「あっ、ひっ、あううんっ」

やがて中を大胆にかき回され、小刻みに突かれて、ラフィアが中で達した。熱い精を肉洞に叩きつけるようにぶちまけられて、ひくひく悦びに震える。精路に挿入された淫具は、まだそのままだ。

「淫らなお前にはこれくらいでは足りないようだ」

「あ……っ」

まだ極みに震えるシリルの内部から自身を引き抜いたラフィアは、そのまま脚の間から身を引く。

「あとはお前たちの好きにしていいぞ。たっぷり可愛がってやれ」

「ああ……っ」

シリルは嘆きの声を漏らした。けれどそれは、すぐに甘い嬌声に取って代わった。淫具を挿入された屹立の根元から戯れるように舌で舐め上げられ、硬く尖った乳首もまた左右から男の舌に吸いつかれる。

「ああ――――……っ」

堪えきれない快感に上がる肉の悲鳴。これまでにもう何度も繰り返された輪姦も、いつしかシリルの身体に染みつくように馴染《なじ》んだ。幾人もの男に全身の感じる場所を一度に責められるのは、頭が痺れるほどの快感をもたらしてくれる。

「あっ、あんっ、やあっ、せ、せめて、それ、抜いて……っ」

「駄目だと言ったろう？　これはお仕置きなんだからな」

「は、あああっ、あんっ、……そんな…っ」

戯れるようにそこに触れられ、きまぐれに淫具の先端を突かれると、耐えきれずに泣きながらかぶりを振ってしまう。張りつめた内股をくすぐられ、鼠径部も撫でられて、思わず自分からねだるように腰を突き出してしまうのだ。

「う、あ……っ、ああんんっ」

男の一人に奥まで貫かれ、肉洞が歓喜に震える。半ば乱暴に揺すられると、先に出していたラフィアのものがぐちゅぐちゅと音を立てた。

「はあっ…、ふうぅ……っ、ん、あああんっ……」

まるで淫魔が乗り移ったようにいやらしく悶えるシリルを少し離れた場所で眺めていたラフィアが、部屋の入り口で控える兵士に何事かを耳打ちする。指示を受けた兵士は淫靡な笑いを浮かべると、敬礼をして部屋から出ていった。

（なん、だ……？）

シリルの意識がふとそちらに逸れると、内部の男がずうん、と深く突き上げてくる。先ほどの場所をまた同時に責められてしまい、頭の中がたちまち真っ白になった。

「ああ、ひぃ――――…っ」

正気を奪われたシリルは考える力を奪われ、男たちのいたぶりに屈し、甘い屈辱に噎《むせ》び泣く。そうして、何人目の男がシリルの中で射精した頃だろうか。再び部屋の扉が開き、誰かが入ってきた。さっきの兵士が戻ってきただけかと陶然とする意識の中で知覚したシリルだったが、その後に続いて入ってきた者たちを目に留めて愕然とする。甘く痺れきり、燃え立っていた身体が一気に冷え、頭の中が凍りついたように感じた。

「そら、さっさと入ってこい。全員だ」

そこに連れてこられたのは、シリルの部下たちだった。

「――――いやだっ」

彼らに、こんな恥ずかしい姿を見られてしまう。

凄《すさ》まじい羞恥が身体を駆け抜け、シリルはどうにかして抵抗しようとするが、拘束され、快楽に力の抜けきった身ではどうにもならない。

しばらくぶりに見る彼らは、少しやつれてはいたが、顔色も悪くないようだった。ラフィアの言うことは嘘ではなかったのだろう。だがそれだけに、彼がなぜこんなことをするのか、その意図するところを思って背筋が寒くなる。

「え――――…っ、隊長っ？」

「シリルっ⁉」

アシュレイとエヴァンスの声だった。せめて顔を見られたくなくて、背けるが、男に頭を捕らえられ、無理やりそちらを向かされてしまう。

「――――あ……」

本来であれば、無事を労《ねぎら》ってやりたかった。よく耐えてくれたと言ってやりたかったのに、今、シリルに向けられている目は、驚愕と動揺と、そして微かな蔑みだった。

「どうしたお前たち。会いたがっていた隊長だぞ。彼もお前たちのことをとても心配していた」

ラフィアがこつこつとこちらに歩いてくる。身体を強ばらせ、震えるシリルを強引に抱き起こすと、開脚に縛られたシリルを彼らの正面に来るように返した。

「ああっ――――！」

今のシリルの身体は、すべてが露わになっていた。ねぶられて尖った乳首、快感に上気した肌、そして精路に淫具を挿入され、後孔からは男たちの精を滴らせている、これ以上はないほどに淫らな、浅ましい姿。

「――――っ」

シリルは固く目を閉じ、羞恥のあまり目尻に涙を浮かばせた。

全身に彼らの視線が絡みついてくるのがわかる。

「お前たちの隊長は、今は雌に生まれ変わった」

ラフィアは背後からシリルを抱き締めるようにして、恥ずかしい場所がもっとよく見えるように秘部を指で押し開いた。

「俺たちが、毎日のように可愛がってやったからな。――――心配はいらない。ちゃんと苦痛なく処女を散らしてやって、それから快感だけを与えてやった。すぐに悦んで腰を振るようになったよ」

「――――でたらめを言うな！」

「そうだ、シリル隊長をよくも……！　そんなひどいことを！」

「隊長がそんなことに屈するはずがない！」

剣呑《けんのん》な声が部下たちの間から上がる。だが、その声はシリルをいたたまれなくさせた。彼らの思いを裏切ってしまったという思いが、よけいに胸を痛ませる。

「ほう、お前はよほど高潔な上官だと思われていたのだな、シリル？」

ラフィアの唇がシリルの耳を食《は》んだ。

「……あ…っ」

その途端に、ぞくりとする感覚が背筋を駆け抜け、思わず甘い吐息が漏れた。そしてシリルは愕然とする。こんな状況で感じてしまうなんて信じられなかった。自分の部下の前で、こんな屈辱的な姿をさせられているというのに。

「教えてやればいいのではないか？　お前がどんなに淫らで、男が好きなのかということを」

ラフィアの指が乳首に触れ、くりくりと転がしてくる。そんなことをされたら、声が出てしまいそうだった。どうにかして堪えようとする唇から、熱い吐息が漏れる。

その間も、彼らの視線はシリルの肉体の至るところを犯していった。見るな、と叫びたいのに、口を開いてしまったらいやらしい喘ぎが出てしまいそうで、できない。

「今も皆で可愛がっていたところだ。そら、よく見ろ。こんな場所を犯されているのに、ちっとも痛がりもせずに悦んでいる。腰を振って何度もイったぞ」

ラフィアの指先が、精路に挿入された淫具の先を軽く弾いた。その瞬間に突き上げてきた強烈な刺激に、上体が弓なりに仰け反る。腰の奥からこみ上げる快感。身体が勝手に震え、その唇がとうとう禁を破った。

「……あぁぁあ……っ」

甘ったるい、欲にまみれた声。それを聞いた時の彼らの顔を見たくなくて、シリルはきつく目を閉じる。

「ここをこうして責められるのが、そうとう気に入ったようだ。だが、そろそろ出したいのではないか？　抜いてやろう、シリル」

淫具がズッ、と引き抜かれる感覚に、びくびくと背中をわななかせて首を振った。精路に栓をされた状態で数えきれないほどにイかされている。そんな状態でこの淫具を抜いてしまったら――――。その時の自分の身体の状態を、考えたくない。

「い、嫌だっ、それはだめだ、抜かないでっ……、ああっ――――…！」

狼狽えるシリルに構わず、それは少しずつ引き抜かれていく。本気で怯えているのに、同時にこみ上げてきた射精感に内股がぶるぶると震えだした。もはや身体中が、射精できる期待感にわななないている。

「さあシリル。お前の大事な部下たちの前で、派手に出してみせろ」

「ああ、あ――――うっ！　あっ、ぁぁぁあああ――――……っ、――――～～っ」

ちゅぽん、と淫具が引き抜かれた時、精路に焼けつくような感覚が走った。肌が粟立ち、泣き叫びたくなるような絶頂に襲われる。いや、実際に泣き叫んでいたのかもしれない。

さんざんいたぶられた精路を蜜が駆け抜けていく感覚が、腰が抜けそうなほどに気持ちがよかった。

「あ――――っ、はあっ、ひぃい……いっ」

腰を何度も突き上げ、シリルは蜜口からおびただしい愛液を噴き上げる。それは一度では収まらず、二度三度と訪れた。

「……っふ、んぅぅんっ……」

がくがくと身体が揺れる。ようやっと許された射精に、全身が恍惚となっていた。

「……ずいぶんと気持ちよさそうにイったな。お前の部下たちが全部見ていたぞ」

「……っ」

忘我の瞬間から己を取り戻したシリルだったが、もう遅すぎた。下腹から下肢、そしてシーツや床の上にまで、白い蜜液は及んでいる。自分の肉欲が汚した証だ。

「ひ……っ」

それを見た時、恐怖にも似た羞恥がシリルを襲った。これまで彼らに見ていた、潔癖で王国に忠実な騎士の顔。それらが今、粉々に砕け散ってしまったのだ。

見たくない、と思っているのに、視線がゆっくりと目の前の彼らへと動く。そこにあったのは、侮蔑と、そして今はもう見慣れてしまった欲望の眼差し。

「ああ、あ……」

自分の中の仮面にヒビが入る。

知られてしまった。自分がこんなに淫らで欲深い人間だということを、彼らに知られてしまった。

訪れるのは無力さと、脱力感だった。もう、すべてを失ってしまったのだ。

(けれど、これはなんだろう)

自分の中の何かを打ち砕かれるたびに覚える解放感は。

「……っ?」

茫然としているシリルの手足を縛る縄をラフィアが解《ほど》きはじめる。唐突な行動にいったい何を、と思っていると、いきなり身体を押され、シリルはベッドの上に力なく転がった。

せっかく拘束を解かれたというのに、長時間不自由な体勢で縛られていたせいで、手足にまったく力が入らない。だがそれがなくとも、今のシリルにはもう抵抗する力は残ってはいなかった。

「――さあ、シリル」

ラフィアはゆっくりと立ち上がると、シリルを見下ろして愉しげに告げる。

「お前が交わった部下の数だけ、そいつらの命を助けてやろう」

「――え……?」

一瞬、何を言われたのかわからなかった。ラフィアは控えていた自分の部下に目配せをする。するとファルクの兵たちは、惚けたような表情でこちらを見ている騎士たちを手にした槍《やり》でベッドの方へと追い立てた。

何かに憑《つ》かれたように茫然と自分を見下ろす部下に怯え、シリルはベッドの上で逃げるように後退《あとずさ》る。

「聞こえなかったか、シリル。尻で足りなければ、口でも手でもいい。お前が抜いた男は、助けてやろうと言っているんだ。なんならヨシュアーナに帰してやってもいい」

「――……!」

ラフィアの言葉は愕然とするものだった。

「そん、な……」

彼は、自分の部下たちと交われと言っているのだ。そんなこと、到底できるはずがない。

「どうした。今まで俺たちにさんざん抱かれてきただろう。今更ためらうことでもあるまい。お前が相手した部下は、解放すると言っているんだぞ」

その命令は、シリルの部下たちにも衝撃を走らせた。彼らは皆戸惑ったような表情で、互いに顔を見合わせている。その中で、アシュレイとエヴァンスだけが押し黙ったまま下を向いていた。

「……本当、にか」

震える声でラフィアを見上げると、彼は微笑んでシリルに頷く。

「俺がお前に嘘をついたことがあったか。今までよくしてやっただろう」

「………」

確かに、ラフィアがこれまでシリルに言ったことで、その言葉を違《たが》えたことはなかった。自分はもう汚れている。それならば、彼らの命を助けるために、この身体を使っても構わないのではないだろうか。

「……くそっ!」

すると一人の騎士が悪態をつき、突然シリルに襲いかかってきた。その動きにはシリルのみならず、他の騎士たちもあっと声を上げる。

「……キリア」

彼は蒼騎士隊の中でも中堅どころで、シリルよりも三つ年上の男だった。彼は怒っているような、欲情しているような瞳でシリルを見下ろしている。

「……た、隊長が……。あんなに強い隊長が、こんなに簡単に俺に組み伏せられるなんて」

キリアはどこか、感に堪《た》えない、という口調で呟いた。

「俺、俺ずっと、隊長に憧れてて……、隊長は俺の憧れで、でも夢でもいいからヤれたらなって思ってたんですよ」

まるで悪い夢でも見たかのようなキリアの表情に、シリルは愕然とした。自分の部下にそんな欲望を抱かれていたなんて、考えたことすらなかったからだ。それでは彼は先ほど見たシリルの痴態を、どんなふうに捉えたのだろう。

「お、俺もだ……」

「俺も」

同意して次々とベッドに乗ってくる部下たちに、シリルは思わずびくりと怯えた。彼らのこんな顔は、見たことがない。――いや、一度だけ見た記憶がある。あの宿屋で少年を犯していた時に、彼らはこれに近い顔をしていた。だが、それがまさか自分に向けられるだなんて。

「逃げないでくださいよ、隊長」

「そうそう――――。俺たちを助けると思って」

逃げを打とうとしていたシリルの身体が、びくりと強ばった。

交わり、精を抜いたものだけは助ける。そんな条件をつけられては、拒むことすらできない。

やがて視界を塞ぐように迫ってきた騎士たちを見たくないというように、シリルは固く瞳を閉ざすのだった。

「……うっ、あっ、あぁあ……っ」

「す…、すっげえ、シリル隊長、すげえよ、吸いついてくる……っ」

乱暴に腰を摑まれ、後ろから剛直をねじ込まれて、シリルは恍惚と喘いだ。最初の時から念入りに快感を仕込まれた身体は、抱かれてしまうと少しも耐えることができない。今もシリルの肉洞は、荒々しく抽挿《ちゅうそう》を繰り返す男根も情熱的に受け入れている。猛ってごつごつとした肉棒は、感じる粘膜と化した肉洞をかき分け、こね回し、シリルを快楽の坩堝《るつぼ》へと引きずり込んでいくのだ。

たとえ、相手が部下だとしても。

「隊長、こっちも頼みますよ」

「ん、ふ……ぐっ」

口をこじ開けられ、いきり立ったモノがねじ込まれる。その苦しさに思わず呻きつつも、シリルは喉の奥を開くようにしてそれを受け入れた。全身の粘膜が感じるようになってしまっている。口中を擦っていくそれを吸い舌を絡ませていても、じんわりとした快感が湧き上がってきた。

「これがあのシリル・カルスティンかよ」

「俺たちが女や男を買うのを、咎めていたくせにな」

貶めるような言葉が聞こえてくる。だがシリルは、彼らの言う通りだと思った。隊の中で一人潔癖な顔をしていたのに、結局はこうして男に犯されて感じている。

「んんっ、ふぅう……っ、んんっ」

奥まで突かれ、たまらずに強く締めつけてしまうと、背後の男が呻いてシリルの中に射精した。内壁に叩きつけられる感覚は、何度味わっても背中を震わせてしまうほどに、いい。

「ああ、終わっちまった……」

「早く退けろよ、つかえてんだからさ」

後ろを犯している男が引き剝がされ、今度は別のものが後孔に押しつけられた。無意識に受け入れようとして力を抜くと、猛々しく反り返ったものが一気にねじ込まれる。

「んう、ああっ……！」

新たに蹂躙される気配に、思わず奉仕していたモノから口を離して喘いだ。すると髪を掴まれて再びそれが口にねじ込まれる。

「休まないでくださいね。もうすぐだから」

「んっ、んっんっ……」

喉の奥まで届くようなそれに、苦しさと同時に陶酔すら覚える。これを射精させれば、彼は助かるのだ。シリルは自分にそう理由をつけて、口の中のものに必死で舌を這わせた。

やがて口いっぱいに雄くさい臭《にお》いが広がり、熱いものが喉に注ぎ込まれた。

「ふ、ぐっ……」

シリルが思わず咳き込むと、今度は手に熱くたぎったものを握らされる。はあ、はあと喘ぎながら力を込めて扱くと、手の中でどくどくと脈動が跳ねる。その感触に興奮してしまうのを止められない。

「どれだけ仕込まれたんだよ、隊長」

シリルの乳首や脚の間にも愛撫の手が伸ばされた。敏感な突起を摘まれ、押し潰《つぶ》すように転がされて、そこはたちまちじんじんと硬くなる。前のものも手で握られ、根元から搾るようにして弄られた。

「ああ、あっ……」

「ずいぶん感じやすいじゃないですか」

「そんないやらしい人が、今まで俺たちの上官面してきたってのかよ」

「あっ、あ、許しっ……」

「駄目だな、許しませんよ」

彼らの愛撫の手はますます執拗に、粘っこくなる。

こんな状況だというのに、シリルは劣情に身を焦がし、全身を火照らせるほどに興奮していた。

(彼らの言う通りだ。俺は本当は淫蕩で、いやらしい存在なんだ)

だとしたら、なんて図々しいのだろう。これまで清廉な顔をして、彼らを騙《だま》していた。その罰は受けなくてはならない。

「あっ、んくぅうっ、も、もっ…と」

群がる男たちの中で悶えるシリルは、まるで男の精を食らう妖婦そのものだった。騎士たちは自分たちの憤りと欲望をシリルにぶつけるようにしてその身体を犯し、体内に精を吐き出す。

シリル自身も何度も達し、精も根も尽き果てた時、いきなり顎を摑まれたと思うと、ぐい、と上を向かされる。

「ずいぶんお楽しみだな、シリル」

「……アシュ、レイ……」

副官のアシュレイは、それまでシリルが見たこともないような表情をしていた。いつもは快活な色をしている瞳が、冷ややかにシリルを見下ろしている。その奥には、たとえようもない歓喜と、そして残忍な光を宿しているように見えた。

「いったいどこに捕らえられているのかと思ったら、こんな目に遭っていたのか。……けどまあ、なかなか楽しそうでよかったよ、隊長殿。俺はてっきり拷問でもされているんじゃないかと心配してたんだが――――なあ、エヴァンス」

「ええ、本当ですね。――――ほら、終わったんなら退きなよ」

背後から聞こえた声に振り向くと、エヴァンスがシリルの背後にいた男の肩に手をかけ、ぐい、と引き剝がす。

「ちょっとがっかりでした。隊長なら、どんな目に遭っても屈しないって思ってたんですけど。いやらしいことになんか興味ありません、みたいな顔してたのは嘘だったんですか？」

「……エヴァンス……」

二人からかけられる辛辣《しんらつ》な言葉に、シリルの胸が鋭く痛んだ。だが返す言葉もなくて視線を逸らしてしまう。彼らが言っていることはもっともだった。自分は彼らの信頼を裏切ったも同然だ。

「こっち向けよ」

「あっ」

再び強引な手でアシュレイに顔を向けさせられたシリルは、眉を寄せて嘆きの表情を浮かべる。

「……お前たちが怒るのは、当然だ……。俺は、俺の中の欲に負けたんだ」

「聞きたくないね、そんなこと」

アシュレイの声は怒気を孕んでいた。

「ずっと昔から、俺がお前のことをどんなふうに思っていたかわかるか？　――成績も、家柄も、昇進も、いつもいつもお前に敵《かな》わない。皆お前のことを褒めたたえる。正直言っておもしろくなかったさ。けど俺は、それでもお前にならしょうがないって思っていた。シリルは俺にとっても、憧れだったからな」

初めて聞くアシュレイの胸の裡《うち》に、シリルは瞠目して彼を見る。いつも自分を支えてくれ、助けてくれていた彼が、そんなふうに思っていたなんて。

隊の風紀に関し、融通の利かないシリルに代わって、彼は隊員の不満を宥《なだ》めていてくれたのだろう。

「アシュレイ――……、すまない」

「今更聞きたくないね。お前は敵にこの身体を犯されて、陥落したんだ。だったら、堕ちた身体をどうしようと、別にいいよな？　シリル隊長」

アシュレイは目の奥を熱っぽくぎらつかせながら、シリルの股間に手を伸ばす。そこは背後への挿入の刺激で、はしたなく勃《た》ち上がっていた。

「あ、んっ……」

「部下に犯されて、こんなに悦んでいるのかよ？」

とんだ淫乱だな、と低く囁かれて、シリルの表情が悲しげに歪む。けれどもそれと同時に、肉体の芯がきゅうっと切なく疼くのを自覚した。いやらしいと言われて、無意識に昂ぶってしまう。それはシリルの目覚めた性だった。

すると、今度は背後からエヴァンスの手が伸びてきて、指先で両の乳首をきゅうっと摘まれる。

「あっ！」

「すごい。打てば響くって感じですね」

「エ……ヴァンス……」

「俺はずっと前から、シリル隊長にこんなことしたいって思ってましたよ。でも、今のあなたは俺の予想を遥かに超えてましたけど。――人って変わるんですね。それとも、元々そういう才能があったんですか？」

エヴァンスの指先が、硬くなった突起をくにくにと押し潰すように刺激していく。アシュレイに扱かれている股間の感覚も相まって、シリルは泣きそうな顔で全身をぶるぶると震わせた。

「うっ……うっ、あっ」

「ほら、もっと気持ちよくなれよ――――。好きなんだろ？　こうされるの」

アシュレイの指は巧みだった。まるで乳でも搾るように根元から強弱をつけて擦られ、時折先端を指の腹でくりくりと撫で回される。

「はあっ……、あ、ん…ああっ……」

駄目だと思うのに、腰が動いてしまって止められなかった。いけない。こんなことをしては。彼らは同じ騎士団の中でも、特に信頼していた二人じゃないか。そんな彼ら相手に、こんな淫らな。

「気持ちいいですか？　乳首、すごく硬くなってる――――」

興奮を抑えられず、上擦《うわず》ったようなエヴァンスの声が耳元に聞こえる。そうされるとぞくぞくしてしまい、目の前のアシュレイの腕を縋りつくように掴んだ。

「あ、ぅあ…んっ、きもち、いぃ……っ」

気持ちとは裏腹に、シリルの肉体は燃え上がってしまうともはや自分でも手がつけられなくなる。

けれど、本当に自分はこの行為を拒否したいのだろうか。

部下だった二人にこんなふうに辱められながら乱されるのは、とても興奮し、感じてしまう。それが本音ではないのだろうか。

「ふぁあっ、あっ」

感じやすいところを二人がかりで責められて、また頭の中がぼうっと霞む。

(もう、わからない)

最近のシリルは、肉体が気持ちよくなってしまうと、すぐに他のことがどうでもよくなってしまうのだ。これが堕ちるということなのだろうか。

「ああっ……、あぁ、そんな、にっ……」

恥ずかしい場所から、くちゅくちゅと音が響く。はちきれんばかりにそそり立ったものの先端からはとめどなく愛液が溢れ、アシュレイの指を濡らしていた。彼の指の動きに合わせて、腰が卑猥な動きを繰り返す。絶頂が近い。

「イきたいのか? 俺たちに弄られて、イっちまうんだな」

「んっ、ん、そう、ああ、もう、イっ……く、あんっ、いっ、くぅう――――……っ」

アシュレイの腕をぎゅうっ、と握り、シリルは背を反らせて極めた。アシュレイの手の中に白蜜を吐き出す。イく瞬間にエヴァンスに乳首を強く摘まれて、立て続けの絶頂に見舞われた。

「は、う、うぅ――――、ああっ」

もう数えきれないくらいに達していて、なのに少しも快感に慣れることがない。膝立ちの姿勢を維持していることができずに崩れそうになると、アシュレイが自分のものを取り出し、シリルの後孔に押し当てた。

「入れろよ、ここに……。お前の中がどんななのか、教えてくれ」

「……っ」

いやだ、恥ずかしい。そう言いたいのに、シリルの腰は勝手にアシュレイの凶器の先端へと下りていく。濡れてヒクつく後孔に猛ったものが触れ、ずぶりと音を立てて肉環をこじ開けていった。

「んふぅううっ、あんっ」

拡げられる。這入《はい》ってくる。慣れ親しんだその快感は、シリルの目に涙を滲ませる。ぶるぶると両脚を震わせながらなおも深くに迎えていくと、たまらない充足感があった。奥まで満たされて、ぴったりと埋まるような感じ。自分はこのために生まれてきたのではと思う。

「あ、あぁっ……あ、奥、ぅ…っ」

「……っすごい。食いつかれてる」

アシュレイが感に堪えない、というようなため息を漏らした。シリルも恍惚した表情で、太い彼のものを媚肉で味わっている。

(どくどく、いっている)

たとえもう軽蔑されてしまったとしても、その脈動は嬉しかった。ほうっ、と息を吐いて目を開けた時、こちらを見つめているアシュレイと目線が合う。

「シリル――――、お前ほんとに――――」

もう駄目なんだな。

そう言われているような気がして、シリルは再び目を閉じると、アシュレイに顔を近づける。拒まれてしまうだろうか。そんな予感に怯えながらも、今、彼に口を吸ってほしかった。

「んん――――」

ねちゃ、と唇が合わさり、淫らに舌が絡み合う。慈しむとか、愛情を確かめるとか、そんなものではない、セックスとしての淫らな口づけ。ぴちゃぴちゃと音を立てながら、舌と舌が卑猥に絡み合った。

「ふ、んん……っ」

頭の中がかき乱されるようなそれに、シリルの腰がはしたなく揺れる。男たちの精をたっぷりと注がれた中は、うねるように収縮して男根がもたらす快楽に悶えた。乱暴なほどに尻を摑まれ、揉みしだかれる。

「んぁああ……っ」

そうされるとよけいに媚肉が擦れてしまい、感じてしまってたまらなくなる。そしてそんなシリルの途方もなく淫蕩な姿は、背後にいるエヴァンスをいたく刺激してしまったようだった。

「んっ、あっ！」

アシュレイの手とは違う、また別の手に尻を摑まれ、後孔に新たな圧迫感がくわわる。

「――――あっ！　や、そん…な……っ」

「隊長が悪いんですよ。そんなふうに見せつけるから」

アシュレイが這入っているその部分に、彼は自分も入ろうとしているのだ。そんなことはされたことがなくて、シリルはうろたえたが、しっかりとアシュレイをくわえ込んだままではろくに動くこともできない。

「ま、待て…っ、エヴァンス、あ、あっ！」

「おい、エヴァンス――――」

「いいじゃないですか。大丈夫ですよ。この人、もうさんざんここに入れられてるんですから」

最初は文句を言っていたアシュレイも、そう言われておもしろそうだ、と思ったらしい。シリルの肉洞がより拡がるように、内股を持ち上げてエヴァンスの挿入を助けた。

「ん、あ、あ、ああっ！」

入り口にエヴァンスの先端が潜り込んだ時、シリルは信じられないように瞠目した。大きく見開かれた藍色の瞳から、大粒の涙がぼろぼろと零れる。

苦しい。けれどそれは苦痛ではない。

中をいっぱいに拡げられると、頭の中が蕩けそうな快感が襲ってくる。精路に淫具を入れるためにこじ開けられた時もこんな感じだった。

「う、あ、ああ――――」

「……気持ちいいんですか？　シリル隊長」

上擦るようなエヴァンスの声。

「そんなふうに無防備に泣かれたら、もっと虐めたくなるじゃないですか、ほら――――」

ずるっ、とさらにエヴァンスが奥に入って、シリルの中では二本の男根がひしめき合う状態になってしまった。

けれどそんな無茶なことをされているにもかかわらず、シリルの肉体では被虐の血が目覚め、それを容易に受けて入れてしまう。それはファルクの男たちによって丁寧に、執拗に拓かれてきた結果だった。彼らに淫蕩の本質を暴かれてしまい、シリルはもう、虐めてほしくてたまらなくなっている。

「あんぁあああぁあ……っ」

汗に濡れて反った喉から、切れ切れの悲鳴が漏れた。嗚咽混じりの嬌声を漏らしながら、全身を発火させたように震わせている。

「ああ――――、ああ、い、いっぱいにっ……、ああっ擦れて、るっ……！」

やがて二本の男根が動き出すと、後孔から脳天まで快感が突き抜けた。シリルはもう、最

初の一突きで達してしまっている。手足が、腰が、背中が甘く痺れていった。

「はっ、ひぃ――――っ、あっあっ」

ぐちゅ、ぐちゅ、と卑猥な音があたりに響く。繋ぎ目は白く泡立ち、見るも卑猥な光景だった。

彼らの周囲には騎士たちや、そしてファルクの兵士たちまでもが、シリルの狂態に見入っている。見る者の劣情を煽る美しくも淫靡な姿に誰も動けず、固唾《かたず》を呑んで見つめていた。

その中で一際鋭く見つめてくる視線が誰なのか、シリルはもう気づいている。

(ラフィアが、見ている)

彼はいつもシリルが犯され、自分を手放すところをあますところなく見つめていた。その焦げつきそうな眼差しはシリルの興奮を煽っていく。

もっと見てほしい。自分が部下に犯されている姿を、もっと。

「ああっ――――うう、き、きもち……い…っ」

シリルの唇から、淫靡な言葉が漏れる。

「ふう、ああ…っ、あっ、に、二本も、入れられて……っ、と、熔ける、とけ……っ」

はしたない喘ぎが次々と口から零れていっている。こんなに人がいる前で。きっといやらしい奴だと思われているだろう。そう思うと、身体が芯から焦げついて、体内で暴れる彼らをきつくきつく締めつけた。二人分の男根の形がはっきりと伝わり、その生々しさに肌が粟立つ。

「ひ、ひぃいっ、あひっ…ぃ、いや、また、イっ…く、イく、あぁ――――…っ、～～っ」

二人に挟まれながらのけぞったシリルの脚の間から、白い蜜が噴き上がった。がくがくと全身を震わせるその様が、どれだけ深い快感に犯されているのか如実にわかる。そしてそれに引きずられるようにして、前後からシリルを犯しているアシュレイとエヴァンスもまた、その肉洞におびただしい精を吐き出した。

「んぁああ…っ、あ、で、でてる……っ、いっぱい…ぃ」

内壁を濡らされる感覚にまた達してしまったシリルは、我慢できずに腰を揺すりながら泣き喘ぐ。こんな快感を耐えるなんて到底無理だ。シリルを躾けた男たちは、快楽に耐える術《すべ》を自分に教えてくれなかったから。

「シリル隊長……っ」

「んっ、ふあっ……」

背後のエヴァンスに顎を摑まれ、無理に後ろを向かされた体勢で唇を重ねられる。舌根が傷むほどに絡んでくるそれを夢中で吸い返しながら、シリルは混濁する意識の中に身を委ねた。

ちゃぷ、ちゃぷと水音が聞こえる。

それを知覚すると同時に、自分が湯の中にいることに気がついた。

「――……」

これは、何度か覚えがある。白いバスタブから湯気が上がり、草と花の彫刻が施された壁にかかっていった。ここはラフィアの浴室だ。

背後から彼に抱かれ、大きな手がシリルの肌を清めるようにゆっくりと滑っていく。快楽とはまた違う心地よさに、深く吐息をついた。

ラフィアは時々こんなふうに、シリルを自室に連れてくる。そして力尽きたシリルを介抱し、ファルクの兵士たちの前では見せないほどに優しくするのだ。おそらく、気まぐれなのだと思っている。

「気がついたか」

「……彼らは……」

出た声は思ったよりも掠れている。無理もない。ずっと喘ぎ続け、時には泣き叫んでいたのだ。そこで声を途切れさせたシリルの言いたいことを正確に理解して、ラフィアは告げる。

「牢に戻した。お前が奴らを全員イかせたから、めでたく全員が助かったぞ。よかったな」

そうか。よかった。

では、あの二人が最後だったということか。自分が全員を相手にしないままに意識を失ったらどうしようかと気になっていたので、その言葉はシリルにとって朗報だった。

「それにしても、見物《みもの》だったな。まさか部下二人相手に二本差しとは」

ラフィアの声にはシリルを揶揄するような響きがない。むしろ淡々とした物言いに、シリルのほうが少し不思議になるくらいだった。

「そんなに奴らを助けたかったのか。あんな真似までして」

「…………」

ラフィアの声にはシリルを責めるような響きが込められている。

「お前がそう仕向けたんだろう。俺に抜かせた奴を助けてやると。だから俺はあいつら全員に抱かれた。それを非難するのはお門違いだ」

「……ああ、そうだろうな」

ザバッ、と音がした瞬間、シリルは浴槽の中でラフィアに抱き締められていた。いつもとは違うその仕草に、思わずハッとする。

「お前は……」

首筋に口づけられ、ぴくりと肩を震わせた。じわりとこみ上げてきた快感に、ため息が漏れる。

「お前は身体を張って奴らを助けたが、俺が見たところ、そこまでして助ける価値のある相手とは思えない」

「皆、俺を信じてついてきてくれたのだ。こんな結果になってしまって、申し訳ないと思っている。俺はどうなってもいいから、彼らだけは国へ帰してやってくれないか」

部下たちの心がもう自分にないということはわかっている。あんな姿を見せたのだ。当然だろう。

シリルの心は鈍く痛んだが、こんなふうになって初めて、自分がいかに傲慢《ごうまん》な上官なのかを思い知った。

だが、以前の自分は、あれが精一杯だったのだ。

「わかった」

ラフィアが背後で短く答える。

「武器を返してやることはできないが、国境まではうちの兵に警備させよう」

「恩に着る」

「だが、お前を帰してやることはできんぞ」

「ああ、わかっている」

どのみちこうなってはもう帰れまい。あのまま上官として彼らを率いていくのは難しいだろうし、作戦失敗のツケは取らされるだろう。

ヨシュアーナにいた頃が、もう遥か昔のように思えてしまう。

「自分はどうなってもいいと？　ずいぶんと殊勝な心構えだ」

ラフィアが後ろで立ち上がる気配がした。シリルもそれを追って浴槽を出る。濡れた身体を包むように、乾いた布でくるまれた。こんな時この男はとても優しい。いつも自分が犯されている姿を冷ややかに眺めている男とは同じに思えないくらいだ。

そんなふうに思いながら、シリルの目線は自然とラフィアを追っていた。その鍛えられた肉体は彫像のように美しく、雄の魅力に満ち溢れている。褐色の肌はまるでなめし革のように艶があった。

自分はこの男によって、何もかもを変えられてしまった。

憎いはずだ。なのに、今こうして目の前にしても、憎みきることができない。

ラフィアは支配者だった。シリルが胸の裡でどんなに拒絶しようとしても、彼に抱かれてしまうと身体が溶けていく。いや、最初は肉体だけだったが、最近は心までもが引きずられるようになった。

(惹《ひ》かれているのだろうか)

まさか。そんなはずはない。

ただ彼は自分の中であまりに大きな衝撃と共に君臨していた。それはともすると執着に近い感情で、だから勘違いしているということもある。

「――お前に言うことがある」

やがて身支度を整えたラフィアが、どこか改まるようにしてシリルに向き直った。その、いつにない口調にじっと彼を見て黙っていると、ラフィアはシリルの瞳を真っ直ぐに見つめて告げる。

「俺のものにならないか」

「……え?」

その真意がわからなくて、シリルは微かに首を傾げた。

「どういう意味だ?」

「そのままだ。俺の寵愛《ちょうあい》を受けろ。可愛がってやる」

ともすれば傲慢な言い方も、この男がすると妙に様になっている。他者に命令することに慣れきったような響きだ。彼はこれまでそんなふうに、自分が欲しいものを手に入れてきたのだろう。王族でありながらもその自由さに、シリルはある意味憧憬を覚える。

「今だって、お前は俺を好きにしているだろう」

抱きたい時に、抱きたい方法で抱く。自分の所有権はラフィアが持っているようなものだ。

「……今はここで寝起きをしているが、ここから西の方角に、俺の私邸がある。お前をそこに住まわせたい。美しく着飾らせ、俺専用の愛玩《あいがん》奴隷として、今よりも遥かに贅沢《ぜいたく》な暮らしをさせてやるぞ」

「そこでは金の鎖に繋がれるわけか」

「同じ檻《おり》でも、広く綺麗な檻のほうがいいだろう。お前は俺のものになるが、屋敷の中であれば自由に出歩いても構わない。悪いようにはしないぞ」

シリルは小さく微笑む。

「……なぜ？　俺が気に入ったのか？」

「言ったろう。お前はひどく刺激的な存在だ。絶対に手元に置いて可愛がりたい。……どうした、嫌なのか？」

ファルクの王族の私邸ともなれば、それは豪奢な屋敷なのだろう。シリルも話に聞いたことはある。金糸銀糸の織物に、宝石をはめ込まれた調度品。今捕らわれているこの殺風景な牢よりは格段にいい待遇になるに違いない。

だが、シリルは目を伏せて首を横に振った。

「俺に拒否権があるのなら、断る」

「……なぜだ。騎士の誇りとやらか？」

「今更、俺にそんなものがあるとでも？　部下にまで犯された俺に」

シリルは力なく笑う。

「俺はもう、なんの意味もない存在だ。役目もなく、お前の言う誇りすらない――――。そんな空虚な俺を飼っても、お前の退屈を満たせるとは思わない」

そうして、ラフィアにすら飽きられたらどうなるのか。

それを思うと、シリルは怖かった。それならばここで玩具のように使い倒され、ぼろきれのようになって死んだほうがいい。真綿で包まれた後に放り出されるのは、おそらく何よりもつらいだろう。

「……それが答えか」

「ああ」

ラフィアは一瞬怒ったような目をしたが、それでもシリルに暴力を振るったりはしなかった。高慢だが、意外と理性的な男なのかもしれない。あれだけのことをされておいてそんなことを思うのもおかしいだろうか。けれどシリルは一度も、彼に痛い思いをさせられたことはないのだ。

「わかった」

ラフィアはくるりと背を向ける。シリルはその広い背中に胸が痛んだ。彼を拒んだのは自分だというのに。

「……それなら、お前に宣告を下さなくてはならない」

ラフィアは上を向き、何かを思案しているようだったが、やがて振り向き、感情のない言葉で言い放った。

「お前を、七日後に処刑する」

シリルはその言葉を自分でも不思議なほど冷静に受け止める。心のどこかが、ほっとしたように力が抜けた。

「……承知した」

シリルは頷き、その運命の宣告を受け入れた。


ベッドの上でつま先立ちになり、高い位置の窓から外をのぞき見る。

ファルクの上空には今日も青い空が広がっていた。石畳に太陽が反射して、緑が輝いている。

城門を、ここに来てからあまり外を見ることがなかったシリルは、そのまぶしさに目を眇めた。

馬に乗せられた一団が出ていく。その前後左右はファルクの兵たちで固められてはいたが、あれは蒼騎士隊の者たちだ。

シリルが身体を張り、全員と交わったので、彼らは国に帰ることを許された。

(ラフィアは、約束を守ってくれたんだ)

そのことに満足してシリルは微笑む。やはり彼は、筋を通す男だ。

「――――ありがとう」

これまで、こんな自分によくついてきてくれたと思う。融通の利かない隊長に、さぞかし苦労しただろうに。

誰に聞かせることもなく呟いた言葉だったが、その時、ふいに隊列の中から、まるでシリルを見つけたようにこちらを見上げる影があった。

「――――アシュレイ」

遠目でよくは確認できないが、あの輪郭はおそらく間違いないだろう。彼はこちらをじっと見上げてるように顔を上げていたが、そのうち横のファルク兵に注意されたのか、やがて首を戻し前を向いた。

「……っ」

それまでは不思議なほどに凪《な》いでいたシリルの胸に、ふいに熱いものがこみ上げる。

もう会うこともない、自分の親友。どうか、幸せで。

目尻に浮かんだ涙はやがて頬を伝っては落ちる。シリルはそれを拭いもせずに、その隊列が見えなくなるまでじっと見送っていた。

シリルは五日後、ここから少し離れた町の広場で、斬首に処せられる。

その報はまず城の中の兵士にもたらされた後、町の中へと布告された。捕らえられたヨシュアーナの蒼騎士隊の隊長の処刑には、おそらく大勢の人々がつめかけるだろう。そんなふうに語った兵士の言葉を、シリルはどこか他人事のように聞いていた。

あれからラフィアは姿を現さない。シリルが嬲られる時は大抵その場にいて冷ややかな目で見ていたのに、公務に忙殺されているのか、城の中にいるのかどうかさえあやしかった。

(彼にももう、会えないのだろうか)

五日後には、自分はもうこの世の者ではなくなる。それまでに一度だけでも顔を見ておきたいが――――。そう考えて、自分がラフィアをどう思っているのかわからなくなる。

あの男には確かに自分を強烈に引きつけるものがあった。

そうしてシリルの仮面を、意志を、何もかもを打ち砕き、すべてを奪っていった。

だが今のシリルは、とても心が軽くなっているのを感じていた。これまで無理していたことを気づかずに背負っていた重しを、すべて彼が下ろしてくれたようなものだ。

(あんな、嵐のように抱く男は他にいない)

ラフィアはシリルのすべてを奪い、強烈な快楽を与えてくれた。他の男たちにいくら犯されようとも、彼の痕跡が身体から消えることはなかった。ラフィアは今も、シリルの中に存在し続けている。


「しかし、もったいねえなあ。あと五日でこの世からおさらばなんてよ」

「まったくだ。こんな綺麗な身体、ずっと玩具にしていたいぜ」

男たちがもたらす快感が、腰の奥から突き上げてくる。シリルは熱い吐息をはあはあと漏らしながら、肉体を苛む官能を味わっていた。

後ろ手に手枷をはめられてベッドに座らされたシリルは両脚を大きく拡げられ、床の上にうずくまった男に股間のものを口淫されている。

「ああ……あ、ふあ……っ」

シリルは目を閉じ、恍惚とした表情で男の舌がもたらす快感に酔いしれていた。開脚させられた内股も他の男の手で撫で回されている。その屹立をすっぽりと口に含まれ、ねっとりと舌を絡められて、泣きたくなるほどの刺激に両脚をぶるぶると震わせた。

「あんんっ……、ああ…っ、気持ち、いぃ……っ」

「よしよし、気持ちいいんだな」

「あと少しでこんなこともできなくなるからなあ。それまでたっぷりと愉しませてやる」

「はあっ、あっ、あんっ、うれ、し…っ」

硬く尖った両の乳首も、左右から別の男の指先で弄られている。刺激に隆起したそれを細かく弾かれたり、あるいは乳暈《にゅううん》をくすぐられたりして、甘い毒のような痺れが全身に広がっていった。

「んぁ…っ、あ、ん…っ、乳首も……いぃ…っ」

淫らな言葉を発するたびに、興奮の度合いもどんどん高まっていく。先のことなどどうでもよかった。今はひたすら、この快楽に溺れていたい。

誘うように腰を振ると、男はシリルのものを唇で締め、じゅうっ、と音を立てて吸い上げる。

「ああ、あんん……っ」

弱いところをしゃぶられ、きつい刺激が脳まで駆け抜けていく。耐えられずに仰け反ったシリルの上体がベッドの上に倒れ、黒髪がシーツに広がっていった。男たちがそれを追ってきて、乳首を舌で愛撫される。ぬめる舌の感触に我慢できずに、シリルはびくびくと身体を痙攣させた。

「あはぁっ、ああ、ぁ――――…っ、い、イっ…く、もぉ、イくぅ…っ」

「素直におねだりできたご褒美だ。イっていいぜ」

「うんと気持ちいいの味わわせてやる」

男はシリルのものの根元を指で愛撫しながら、先端部分を音を立てて舐め回してきた。剝き出しにされた粘膜を舌先でちろちろとくすぐられたと思うと、また口に含んではねぶってくる。

「あっ、ひぃ…んんっ、あっあっ、あぅうん……っ」

両の乳首も舌で転がされ、片方は軽く嚙まれて、快感に弱い肉体がそんな卑猥な淫戯に耐えられるはずがない。

シリルは身体を弓なりに反らせ、あられもない声を上げて絶頂を迎えさせられた。

「あっイくっ、あっ、あ、ひ、あぁ――――…っ」

がくん、がくん、と跳ね上がりながら精を吐き出す腰を押さえ込まれながら、吐き出した蜜をすべて飲まれる。なかなか終わらない極みは、極限まで調教された肉体が覚えたものだった。今のシリルは、ほんの少しの愛撫も我慢できない。

「いいイきっぷりだったな」

「あ…あん……っ」

火照った首筋をくすぐられて、まだ痺れる身体が弱々しく悶える。そんな様子も、男たちの嗜虐心《しぎゃくしん》を煽ってしまうようだった。

シリルは潤んだ瞳を開けて、股間にいる男に見せつけるようにさらに両脚を開いてみせる。双丘の奥の、悩ましく収縮する蕾があやしく誘いをかけてきた。

「そこ、も、舐めて……」

「そこってどこだ?」

男が双丘を押し開き、後孔を露わにする。恥ずかしい場所に感じる視線に悶えながら、シリルは男の望むままに淫らな言葉を口にした。

「お、尻……、尻の孔、を、舐めて……」

「いいぞ。中まで舐めてやる」

ぬちゃり、という感触が後孔に触れ、入り口をこじ開けるように突いてくる。最奥に感じる蕩けるような刺激に、シリルは再び忘我の淵に突き落とされた。

「あ、は、はぁうんん……っ、いい……っ」

もっといやらしく責めてほしい。何も考えられなくなるほど。

シリルは落ちきった肉体を晒すようにあられもない姿勢を取り、男たちの情欲を煽っていく。それはおそらく、彼らには死の恐怖を紛らわすための痴態に見えるのかもしれない。

けれどもうどうでもいい。この世界には、心を残すものなど何もないのだから。

快楽に耽《ふけ》るシリルの脳裏に、ふとラフィアの面影が浮かんでくる。けれどそれを振りきるようにして、シリルはもっと、と男たちにねだるのだった。

前日に降ったスコールも今日はすっかりやんで、いつもの青空が戻っていた。

処刑当日の朝、シリルはベッドの上に静かに座り、兵士が迎えに来るのを待っている。

ここでの期間は長かったようにも短かったようにも感じられた。もう何も思い残すことはないと思っていたのに、頭の中にやはりあの男の姿が浮かんでくる。

(せめて、一目顔を見せてくれたら)

けれど、会ってどうするというのだろう。恨み言でも言えばいいというのだろうか。

それとも、本当は。

「……言えるわけがないだろう」

自分は彼の申し出を断ったのだ。寵愛してやるという言葉を拒絶した。多分、あれがシリルの最後に残っていた矜恃だったのだと思う。せめてそれだけを抱いて死ねることに、感謝しなくてはならないのだろう。

(アシュレイ、エヴァンス、皆——、すまなかった)

今はもうここにはいない部下たちに最後に詫びてから、シリルは自分の格好に気づく。相変わらず衣服は薄い夜着しか与えられていない。刑の執行の時は、せめて以前に来ていた騎士服を着せてもらえないだろうか。そんなことを考えてから、思い直して首を振る。

(俺はもう、騎士ではない)

おかしくなってふと笑いを漏らした。

その時、廊下の奥からこちらにやってくる足音が聞こえてくる。

(いよいよか)

そう思って姿勢を正した。扉の鍵が開けられ、誰かが入ってくる。その姿を見た時、シリルは思わず息を呑んだ。

「――――ラフィア」

シリルは彼の名を呼び、それから無言で見つめた。ラフィアもまた、黙したままでシリルを見据えている。その鋭いはしばみ色の瞳の奥にある感情は今は隠されていて、シリルには読み取ることができなかった。

彼はつかつかとこちらに歩み寄ってくると、ベッドに座るシリルの腕をぐい、と掴む。

「――――来い」

そんなに強く掴まなくとも、逃げはしない。そう訴えようとしたシリルだったが、部屋の外に出た時、廊下に誰もいないことに訝《いぶか》しむ。普通こういう時には兵士が何人かいて、罪人を刑場まで連れていくものだ。

それとも、ファルクでは異なるしきたりがあるのだろうか。

その疑問は、ラフィアがシリルの手を引いて階段を上がっていったことで、ますます強くなった。城を出るのなら下だ。彼は自分を、いったいどこに連れていこうとしているのだろう。

「ラフィア、どこへ行くというんだ」

彼は答えなかった。城を上へ上へと昇っていく。やがて最上階に着き、見張り台があると思われる場所に出た。

「――――」

南国特有の、どこか甘い香りのする風がシリルの頬に当たり、髪を嬲る。そういえばこんなふうに風に吹かれるのはどれくらいぶりだろう。

「……ラフィア、ここは……」

「こっちだ。もうすぐ始まる」

彼はシリルを、見張り台の近くまで連れていった。

「何が始まるというんだ？」

「処刑だ。おまえのな」

そう言って彼は顎をしゃくって見ろ、と合図する。シリルはわけがわからず、彼が指示したほうをおずおずと見下ろす。城の上からは町が一望できた。

少し離れた場所に、開けた場所があるのが目に入る。人が大勢集まっていた。もしかしてあれが、処刑が行われる広場だろうか。

広場の中央には処刑台がしつらえてあった。その横を、誰かが後ろ手に縛られ、両脇を抱えられるようにして歩いている。あれは誰だ？

だがここからでは顔が判別できない。かろうじて、目元を黒い布で覆われているのが見えるくらいだ。

やがて目隠しをされた男が処刑台に上り、膝をつかされる。そこには処刑人とおぼしき男がいた。手に巨大な斧《おの》を携えている。

いったい何が行われているのか。シリルは混乱した。あれは自分の処刑だとラフィアが言う。だが、シリルは今ここにいるのだ。

「ラフィア……！」

思わず、縋るように彼を見る。だがラフィアは静かな目で事の成り行きを見守っていた。

仕方なくシリルが視線を戻すと、目隠しの男が深く頭《こうべ》を垂れた。処刑人が斧を手にし、それを高く振り上げる。どうして。なぜ。

命を絶つための道具が、勢いよく振り下ろされた。首を撥《は》ねる鈍い音がここまで聞こえてきたような気がする。

「――――！」

その瞬間シリルは目を逸らしてしまった。広場から上がる歓声。

「ヨシュアーナの犬め！」

「何が蒼騎士隊だ！」

「ざまあみろ！」

聞くに堪えない罵声《ばせい》が耳に飛び込んでくる。もう一度見た時、処刑台の上は血に染まっていた。処刑人が胴から離れた頭に手を伸ばし、髪を摑んで高々と民衆に掲げる。わあっ、と一際大きくなる声。

「……どうし、て……」

「あれは元々死刑囚だった男だ。だから気に病む必要はない」

ふらり、と足元がよろめいた。シリルが壁に手をつこうとすると、力強い腕に引き寄せられ、支えられる。

今日、あそこで処刑されるべきだったのは、自分のはずではなかったのか？

「お前と似たような背格好の、黒髪の男を探したところ、ちょうどいたので使わせてもらった。もっとも顔のほうは、お前と似ても似つかぬ凡庸《ぼんよう》な男だがな――。よけいなことを叫ばないよう、麻薬で意識を飛ばした。恐怖も感じず、いい夢を見たままあの世へ行けたろう」

ラフィアの言葉を聞き、その意味を理解して、シリルは大きく震えた。それではあの男は、自分の代わりに処刑されたのだ。

「どうした、震えているのか――――？　お前だって戦場で敵の首を落としたことぐらいあるだろう」

それとこれとは違う。シリルは騎士として正々堂々と戦いを挑み、命のやりとりの末に相手の御首《みぐし》を獲《と》る。それは替え玉で処刑されるのとは、意味が大きく異なるのだ。

「騎士というのは潔癖なものだな」

ラフィアが低く笑う。その手に顎を捉えられ、上を向かされて唇が触れてきた。その感触は途方もなく甘い。

「蒼騎士隊隊長、シリル・カルスティン。お前は今さっき、あそこで死んだ」

「――――」

シリルの瞳が大きく瞠目する。目に映るのは太陽にきらめく彼の金の髪。

「お前の死は、ほどなくヨシュアーナにも伝わるだろう。カルスティン家は当主を失い、お前が死んだものとして葬儀が行われる。国葬になるかもな？」

ラフィアの声は優しかった。その声はシリルの中に奥深くまで染み込んでいく。

「お前の存在はヨシュアーナから消える。お前はもう、ただのシリルだ」

「――――」

シリルの心臓が大きく脈打ち、一瞬止まったような気がした。呼吸すら忘れて、茫然とラフィアを見上げる。

「そのためにお前を、殺した」

「……あ……」

「これでもう、お前を縛るものは何もない。俺以外にはな」

「ラフィ、ア……」

身体の中から何かがバラバラと剝がれ落ちていく。重かったそれはシリルの足元で粉々になり、風に吹かれて消えていった。後に残ったのは、素顔のままのシリルという存在だけだった。

ラフィアを見上げるシリルの瞳から涙が零れる。

それは恐怖でも悲しみでも怒りでもない。

ただ、喜びの涙だった。

まどろみからふと目を覚ましたシリルは、柔らかな寝台の上で緩慢に寝返りを打つ。いつの間にか寝てしまった。そろそろ彼が帰ってくる頃だ。

絹織物の上で上体を起こしたシリルの肩に、伸びた黒髪がさらりと流れる。白い肌は薄布と、繊細な装飾品で飾られていた。

部屋の外から誰かがこちらへ近づいてくる足音がする。入ってくる前から、シリルはそれが誰なのかわかっていた。

白木の豪奢な扉が開き、シリルの『主人』が入ってくる。

「今戻った」

「ラフィア」

勤めから戻ってきたラフィアが姿を見せると、シリルは立ち上がって彼のもとに駆け寄った。両腕を開いて迎える彼の胸の中に、なんのためらいもなく飛び込んでいく。

「おかえりなさい」

「いい子にしていたか?」

「もちろん」

見上げたシリルの唇がラフィアのそれで塞がれた。薄く開いた唇から熱い舌が差し入れられ、濡れた粘膜を味わうように舐めていく。

「……んん、うん……っ」

敏感な口腔をねっとりと嬲られ、舌をしゃぶられて、シリルの身体が熱くなっていく。抱き締めるラフィアの両手が背中から腰に下がり、布の上から臀部《でんぶ》を大きな手で揉むようにまさぐられた。

「……ああ……」

「ふ……、可愛いな」

口の端に口づけられ、顎に軽く歯を立てられて、耳や首筋に音を立てながら口づけられていく。そうされるとシリルはもう立っていられない。膝から力が抜けて、かくりと折れてしまいそうになったところを、すかさずラフィアに抱き上げられた。

「ああ……ラフィア」

これから起こることに身体が疼く。皮膚の下の感覚がいっせいに目覚めて、今夜も快楽を味わおうとざわめきはじめた。

シリルがラフィアの屋敷に来てから、四ヶ月ほどが経つ。

過去の一切を奪われたシリルを、屋敷の者は何も言わずに受け入れてくれ、そこでシリルはまるで姫のように大切に扱われた。

立場としては、ラフィアの愛人である。ファルクのものである露出の多い衣装を着せられ、肌には香油を塗り込み、いくつもの宝石や光るもので飾られた。伸ばすように言われた髪には時に花を飾り、爪を染められる。

屋敷の敷地から一人で出ることは禁じられていたが、もとよりシリルには特に外へ出たいという意思はない。広大な屋敷の中には水辺や心地よい木陰も多くあり、そこで猫のようにまどろむだけでシリルは満足だった。気が向いた時に果物や菓子を摘まみ、香りのよいお茶を飲む。

ラフィアに所有され、シリルは今初めて自由を味わっていた。

そして夜は――――時には昼も、シリルはラフィアに抱かれ、淫らな日々を過ごしていた。

あの城にいた時に肉体を拓かれ、極限まで開発されたと思っていたのに、ここでラフィアに様々な淫戯を仕掛けられていると、さらに卑猥になっていくような気がする。優しく激しく抱いてくる彼の側にいるだけで欲情してしまうのだ。

シリルは情動のままに生きる、ただの淫獣となった。

「あっ……！」

さっきまでまどろんでいた寝台に下ろされ、熱く逞しい肉体にのしかかられる。腰に巻いていた長い布を取られると、その下は何も身につけてはいない。

「今日は何をしていた？」

「……お前のことを考えていた……」

シリルという名前以外はすべてなくした自分にとって、ラフィアは世界のすべてだった。

その世界の中で、シリルはのびのびと息をつき、安心して泳ぎ回る。もう、あの窮屈な騎士服も着なくていい。

「俺に、こうされることをか？」

ラフィアの指先が、左胸の突起を摘まみ上げる。

「ああっ」

そこには細い金の環が穿《うが》たれていた。ここに連れてこられた最初の晩に、彼によってつけられた。自分がラフィアのものである証。乳首を針で貫かれた瞬間、シリルは射精してしまっていた。痛みよりも快楽が身体を支配していた。

「あっ……、はあ…っ、そ、そ…う…っ」

そしてただでさえ敏感だった乳首は、環を穿たれたことでより一層感じやすくなっている。その環ごと口に含まれて舌で転がされ、それだけで達してしまったことも何度もあった。

「……そうそう、ヨシュアーナの蒼騎士隊が解散になったと報告があったぞ」

ラフィアが耳や首筋をついばみながら囁いてくる。その言葉に、シリルは閉じていた瞳を開けた。

なんだか、とても懐かしい言葉を聞いたような気がする。

けれどそれはずっと遠い記憶の中に追いやられてしまったようで、まるで夢の中の出来事のようだった。

「ピンとこない、という顔だな」

「……すまない、よく……」

「ああ、いい。お前に聞かせなくともいい話だった。すまんな」

「俺には、お前だけがいればいい……。旦那《だんな》さま」

ゆるりと微笑んで両腕を伸ばすシリルに、ラフィアは優しく微笑んだ。

「俺も、お前が愛おしくてならない。シリル……。やっと俺だけのものにできた」

額に口づけられ、うっとりと微笑む。身体の奥底から喜びが湧き上がってきた。

「今宵《こよい》も心ゆくまで可愛がってやる。存分に鳴くといい」

「ああ……嬉しい……」

はやくはやく、と身体が訴えている。もうすでに硬く尖っていた左の乳首を舌先で弾かれ、びりっ、とした刺激が走った。

「ああ、あうっ」

弾力のある舌で何度も転がされて、腰の奥にまで快感が走る。金の環をほどこされたそこはひどく鋭敏なのだ。そんな場所を、ラフィアは舌と唇を使って愛撫してくる。口に含まれ、環ごと吸われてしゃぶられると、泣きたくなるほどの快感が全身に広がっていった。

「ぁあああ……っ、あ、そこぉ…っ」

「また感じやすくなったな……。少し大きくなってしまったか？」

シリルがあまりに感じるので、そこは弄られすぎてぷっくりと膨らんだようになってしまっていた。乳暈にそっと舌を押し当てられただけでも、じくじくと快感が滲んでくる。

「か、感じ…る…っ、んんっ、あっ、そこ、すき……っ、ああっ、きもちぃ…っ」

ちゅうっ、と音を立てて吸われながら、舌でねぶられると、頭の中が真っ白になった。脚の間がずくん、と脈打って、触れられもしないのに快感がこみ上げてくる。何もされていない右の乳首もきゅうっと摘まれ、左右の突起にたまらない刺激が走った。指先でくにくにと押し潰され、思わず背中が反ってしまう。

「ふう、あうう…っ」

「こっちの乳首にも環を通してやろうか？　いや、だが、こちらはそのままというのもいいな」

「あ…あん、あ…っ、ラフィアの……好きに…っ」

この身体をどうされようとも構わなかった。たとえ彼が何をしたとしても、自分は悦びを感じてしまうだろう。

「そうだな。お前は俺のものなのだから。シリル……」

自分に唯一残された名を呼ばれて、ああっ、と喘ぐ。両の乳首をかわるがわるに舌先で転がされ、吸われ、あるいは指先でこね回されて、シリルはすでに腰を突き上げて泣き喘いでいた。胸の上の突起がじんじんと熱を持って、痛いほどに疼く。

「は、あ……っ、ぅあ、お、ねがい…っ、さわっ、て…っ、ここ…っ」

まだ一度も触れられていない脚の間は、はしたないほどにそそり立ち、先端から蜜を滴らせて震えていた。腰を動かすと彼の身体に触れて刺激が走るのだが、もどかしくてならない。

だが彼は意地悪くそれを避けた。

「駄目だ。まずはここでイってみろ」

乳首への愛撫だけで達してみろと言われて、シリルは悩ましげに美しい顔を歪める。ラフィアはまた左の乳首を吸い上げてきた。右の乳首も指の腹で撫で回されて、それぞれ異なる刺激がシリルを襲う。

「ああっ……あっ…、あぁっ……！」

胸の先から得られる快感が、腰の奥と繋がった。覚えのある感覚だ。とてつもなく切ない塊が肉体の芯からこみ上げてきて、震えが止まらなくなる。

「ふぁあっ、あ、イく、ああ…っ」

「どこがいいんだ。どこでイくんだ？」

「あ、乳首、乳首でイきます…っ、は、ア、あ…っイく、い、くぅ――……っ、っ」

口から淫らな言葉を垂れ流しながら、シリルは全身をがくがくとわななかせて絶頂に達した。放置されていた股間のものから白い蜜が弾け、下腹を汚す。

「ああ、ふぁあ……っ」

その間も乳首への愛撫は続いていて、痺れて力の入らない指で敷布を鷲摑みにして耐えた。

「気持ちよかったか……?」

ラフィアはシリルが極めた姿を見るのが嬉しいようだ。はあ、はあと息を喘がせながら、こくりと頷く。

「ちゃんと出せたようだな」

両脚が押し開かされ、恥ずかしい部分が露わにされた。脚の間は絶頂の残滓《ざんし》で白く濡れている。

「恥ずかしい……」

もう見られていない場所などないというのに、シリルは今だ羞恥心を忘れられないでいた。けれど、その恥ずかしさが興奮へと繋がっていってしまうのは否めない。両腕で自分の顔を隠すようにすると、彼が笑った気配がした。焼けつくような視線が、脚の間に絡まる。

「また勃ってきているぞ」

「あ、あ……」

「先のほうから、愛液も溢れてきた……。後ろも物欲しげにヒクヒクしている」

「や、あ、言わな……で」

自分の状態を指摘され、燃えるような恥ずかしさがシリルを襲う。なのに両の膝は閉じることをせず、それどころがもっと見てほしいと外側に倒れていった。

「淫乱め」

「あぁっ」

ラフィアの指先がつうっと屹立をなぞる。言葉でも責められて、思わず喘いでしまった時、ふいに彼はそこに顔を埋めた。

「んぁあっ、あぁ――……っ」

脚の間が蕩ける。熱く濡れた感触に絡みつかれ、強く弱く吸われて、脚の先まで甘い痺れに侵された。両脚ががくがくと震える。

「はあっ、あ…っ、ア、いい、いぃ……っ」

強烈な快感を泣きながら訴えるシリルのそれを、ラフィアは優しくも容赦ない愛撫で責めた。根元を指で押さえられて射精を困難にされ、裏筋を重点的に責められる。

「あぁぁあ……あああ……っ」

「もっともっと泣くといい」

すぐにも達してしまいそうなそれを止められて、なおも感じさせられるのは苦しかった。けれどそれも甘い感覚に変わってしまう。裏筋から先端のくびれを舐め回されて、死にそうなほどの気持ちよさがシリルを苛んだ。

「ああっいいっ……、あ、そこ…っ、だめえ…っ、おかしく、なる……っ」

「毎晩おかしくなっているだろうが。今更だ」

鋭敏な部分をたっぷりと舌で嬲られ、しゃぶられて、シリルは腰を浮かせながら噎び泣く。腰から下がどろどろに熔けていきそうだった。蜜口を剝き出しにされ、舌先をねじ込まれると、もうどうしていいかわからずに泣き喚く。

「あっあ――――っ、ひぃ、あ、もっもう…っ、とける…っ、とけ、ちゃ…っ」

徹底的に快楽で責められ、肉の悲鳴を上げさせられるのは、城にいた頃と同じだった。ただ今は蜂蜜のように濃厚に甘い褥の中でそれが繰り返される。このままおかしくなってもいい。いや、きっともうそうなっているのだろう。

「ああっおねがっ…、いかせて、イかせてください……っ、旦那さまぁ……っ」

媚びるような口調でねだると、彼はようやく気がすんだのか、根元を押さえる指をじわりと緩めてくれた。腰の奥から焼けつくような感覚が湧き上がってきて、シリルはううっ、と呻く。するといきなり根元まで口に含まれ、舌を絡められてきつく吸い上げられた。

「ふあ――――」

びくん、と全身が反り返る。

「んぁああぁあ……っ、あ、でる、出……っ、あぁ――――…っ、～～っ、っ」

精路を勢いよく蜜が駆け抜けていく感覚は、いつ味わっても死ぬほど気持ちがいい。シリルはびくびくと背を反らしてラフィアの口の中に射精する。一滴も逃すまいと彼が何度も吸い上げるので、そのたびに嬌声を上げねばならなかった。

「はっ、はぅうっ、あっ」

断続的な極みがやっと収まっても、貪婪《どんらん》な肉体は満足できない。この後ろに彼の逞しいものを迎え入れて、今度は彼に吐き出してもらわねば。

「ああ……ラフィア、はやく……」

シリルの放ったものを飲み下し、口元を拭っている彼に対し、はしたなくもねだる。そしてラフィアはまたしても、自分に恥ずかしい真似をさせるのだ。

「どこに欲しいのか、ちゃんと広げて見せてみろ」

「あ……ぁ」

甘い嘆きをため息に変えて、シリルは自らの双丘の奥を彼に押し開いて見せる。そのためにはとんでもない格好をせねばならず、上気した顔をさらに真っ赤に染めて、ヒクつく後孔をラフィアに晒した。

「こ、ここ……に」

「ここに?」

ひっきりなしに収縮を繰り返す蕾にそっと指先が触れて、軽く揉み込まれる。そんなことすらも、シリルには耐えがたい刺激となるのだ。

はやく、はやくここにねじ込まれたい。奥まで突き入れられてかき回された時がどんなに気持ちがいいか、シリルはもう嫌というほど知ってしまっている。

「ここに、お尻に、はやく入れてぇ……っ、ラフィアの太いのを、ずぶずぶって……っ、お、奥まで、ずんずんしてほし……っ」

耳を覆いたくなるほどに卑猥な台詞が口から漏れ出したが、シリルはそれを言いながら興奮で総毛立っていた。

そうしてラフィアの瞳の奥が欲望にぎらついているのを見た時、シリルはとてつもない嬉しさを感じる。こんなに彼に欲情してもらえるなんて。

ラフィアは着ているものをすべて脱ぎ捨てた。彫像のような厚い筋肉。そしてその股間で凶器のように隆起しているもの。

「あ……っ」

それを目にした途端、後ろがいっそう切なく収縮する。そんないやらしい反応さえ、きっと彼には見えてしまっているだろう。

「入れるぞ。好きなだけ味わえ」

「んんっ」

肉環の入り口にその先端が押し当てられる。内股がひくっ、と震えた瞬間に、それがずぶりと音を立てて押し入ってきた。

「ひ、あ、ひぃ……っ」

背筋から腰にかけてぞくぞくと悪寒が走る。口の端から唾液を滴らせながら、シリルはラフィアの肉棒を感じていた。

「は、はいっ…て、きた、あ、あっ、いぃ…っ」

彼のものは長大で、シリルが息も絶え絶えに訴えてもまだ半分ほどしか入っていない。ラフィアは乱暴ではないが、決して容赦のない動きでその凶器を根元まで埋めていった。

「ああ――――…っ」

ずん、と奥まで入れられて、シリルが耐えかねたような声を上げる。

「……どうだ、嬉しいか?」

彼の声もまた、どこか上擦っているように聞こえた。

「……っ、うれ、し…っ、おおきい……っ」

腹の奥でラフィアが脈打っている。それを感じるのが、シリルは何より好きだった。

「……お前も、すごいな。すぐに搾り取られそうだ」

軽く唇を吸われて、それから彼はゆっくりと動きだした。みっちりと拡げられた内壁を振り切るようにしてラフィアの抽挿が始まる。

「あ、あ、うぁ……ああ……っ」

ほんの少し擦られるたびに、痺れるような快感がこみ上げてくるのだ。それなのに張り出した部分がシリルの弱い場所をごりごりと抉ってくる。そのたびに意識が飛びそうになった。

「ひ、ひぃ――――っ、ん、ぁ、あ」

じゅぷじゅぷと響く淫らな音。肉洞をかき回され、小刻みに突かれて、うねる媚肉が快楽に震える。

「どうだ、これが欲しかったんだろう……？」

「ん、んう、う、い、いぃ……い、気持ちいい……っ」

抱え上げられ、宙に放り出されたシリルの両脚の指先が、快楽のあまりすべて開ききったり、ぎゅうっと丸まったりを繰り返している。張りつめた内股はぶるぶると震え、互いの身体の間で擦れている股間のものも愛液を溢れさせ、滴らせていた。

「もっとよくしてやろう」

ラフィアが腰を引き、入り口近くまで男根を引いたと思うと、再び一気に沈めてくる。その先端を最も我慢ならない場所にぶち当てられて、シリルの目の前に火花が散った。

「あぁ、ひぃ――――…っ」

シリルはその瞬間に有無を言わさない絶頂へと放り投げられる。身体が浮き上がり、どこかへ飛んでいきそうな浮遊感に夢中でラフィアの逞しい背に縋りついた。全身を駆け回る極みに、嗚咽を漏らしながら身悶えする。

「ああ……っ、だめ、ああっ、いっ、イってる…のにぃっ、ひぃ……っ」

ラフィアはシリルが達してもお構いなく奥を突き、こね回した。許容量を軽く超える快感に神経を焼きつくされそうになる。そうなると当然シリルの内壁はラフィアを硬く硬く締め上げることとなり、彼もまた額から汗を滴らせながら呻いた。

「……っは、油断ならないな」

情事の最中に見せるラフィアの皮肉気な笑みが好きで、シリルは口を吸ってほしいと思った。ねだるように顎を上げると、すぐに深い口づけが襲ってくる。呼吸が苦しくても構いやしなかった。

「……っあ、はあっ、あっ」

それでも身の内を擦る快感に耐えきれず、すぐに口が外れてしまう。彼のものが内奥でどくどくいっているのがわかった。

「――――出すぞ……」

「んん、だ、だして…、いっぱいぃ……っ」

熱いものを注ぎ込まれ、その精を身体で吸収したい。そんな思いに駆られて、シリルは啜り泣きながら射精を促した。

小刻みに、強くなる律動。それと同時におかしくなりそうな快感も高まっていく。

「あ、あっあっ！」

どくん、と体内で精が弾けた。

その瞬間にシリルの頭の中も白く染まる。もう何度目かもわからない絶頂に揺さぶられ、身体がバラバラになるのではないかと思った。息が止まる。

「ふぁああぁ、――――……っ、ぁあ――――……っ」

長く、切れ切れに響く泣き声。内壁に濃い雄のしるしを叩きつけられ、たっぷりと濡らされて、シリルは多幸感に全身を痺れさせる。耳元で聞こえるラフィアの短い呻き。

「……っはあ、は……っ」

きつく抱き合ったまま敷布に沈み込み、そのまましばらく二人で荒い息を整える。シリルはまだ啜り泣いていたが、ようやっと波が引いてきた時、彼に優しく口づけられた。

「……よかったか？」

「ん……」

こくりと頷き、今更ながらに恥じらって瞼を伏せる。体内にはまだ彼のものが存在して熱く脈打っていた。

「しかし、覚悟はしていたが、これほどとはな……」

ラフィアの言葉の意味を計りかねて、一度伏せた睫《まつげ》をそっと上げる。

「お前を手に入れたら、きっと溺れると思っていた。こんなふうにな」

抱いても抱いても足りない、と言われ、シリルは目を丸くする。それは自分が思っていることだった。ラフィアの手管に溺れ、彼でいっぱいにされ、それ以外何も考えられなくなる。

「俺を憎んでも構わないんだぞ」

「憎む……。なぜ?」

シリルは力の入らない腕を上げて、ラフィアの乱れた髪をかき上げた。

「お前は俺を、自由にしてくれただろう?」

騎士としてのシリルを殺してまで、しがらみを断ち切ってくれた。

そんなことをしてくれる男は、きっと他にはいない。

「……可愛いことを言ってくれる」

ラフィアはシリルの手を取ると、その掌に口づけた。掌へのキスは、どういう意味だったか。

「俺の側にいろ」

微笑む男が折り重なってくる。熱い素肌が触れ合う感覚が心地よくて深く息をついた。

そんなことを言わなくとも、捕らわれているのは俺のほうだというのに。

ラフィアがどうしてそんなことを言うのか、シリルは不思議だった。だがそんな思いも、再び動き出した彼によって中断される。

「あ、あ……ん」

達したばかりの内壁が、またじわりと快楽を生み出した。

「はあ……あん」

「まだつきあってもらうぞ」

俺の気のすむまで。

そう言って貪られる甘い刺激に、シリルは従順に身体を開いた。

この身がすっかり食いつくされるまで、抱かれていたい。


川の畔《ほとり》に建つ壮麗な邸宅は、水辺に咲く大輪の華のようだと言われていた。

王弟が住まうその館の奥には、美しい愛玩奴隷が飼われている。

あとがき

シャレード文庫さんはちょっとお久しぶりです。西野です。今回は『騎士陥落』を読んでいただきありがとうございました！

すでに定番のネタとなっている「くっ殺せ」ですが、私もちゃんと書いてみたかったんです。高潔な騎士が敵の手によっていろいろと調教されてゆくのは様式美といいますか、ロマンですよね。あと私が即堕ち好きなものですから、最初の凌辱シーンでシリルがあまりにも速効で堕ちてしまったので、担当さんから「初めてですから、もうちょっと抵抗したほうがよくないですかね……」と遠慮がちに言われてしまいました。けれど私はその時言えませんでした。初稿を書いた時に、「けっこう抵抗させたなー」と思っていたということは……。

せっかくこういうタイトルもつけたんですから、シリルにはとことん堕ちていただこうとああいうラストにしました。元の国にいた頃よりもずっと幸せそうなのでよかったと思います。ラフィアは大切にしてくれるでしょう。

イラストを描いてくださいましたＣｉｅｌ先生、どうもありがとうございました！　Ｃｉｅｌ先生の騎士を楽しみにしていました。ラフィアも滴るような男ぶりで、すごく官能的です！　あとモブの男たちの猥雑さがとってもモブ！　っていう感じで萌えました。意味不明で申し訳ありません……！

担当様もまたしてもお世話になりました。駄目もとでお願いしたことも、快く了承していただけて本当にありがとうございます。とてもお仕事しやすかったです。

この本が二〇一六年の一冊目の本になります。本年も一生懸命お仕事したいと思いますので、どうぞよろしくお願いいたします。

それでは、また別の本でお会いできましたら嬉しいです。

西野　花

【BLOG】http://blog.livedoor.jp/nishinohana/
【Twitter】@hana_nishino

西野花先生、Ciel先生へのお便り、
本作品に関するご意見、ご感想などは
〒101-8405
東京都千代田区三崎町2-18-11
二見書房　シャレード文庫
「騎士陥落」係まで。

本作品は書き下ろしです

CHARADE BUNKO

騎士陥落《きしかんらく》

【著者】西野花《にしのはな》

【発行所】株式会社二見書房
東京都千代田区三崎町2-18-11
電話　03(3515)2311[営業]
　　　03(3515)2314[編集]
振替　00170-4-2639
【印刷】株式会社堀内印刷所
【製本】ナショナル製本協同組合

落丁・乱丁本はお取り替えいたします。
定価は、カバーに表示してあります。

ISBN978-4-576-16007-8

http://charade.futami.co.jp/

CHARADE BUNKO

スタイリッシュ&スウィートな男たちの恋満載

今井真椎の本

そのまま、だらしなく達ってみせろ

執着王と禁じられた愛妾

イラスト＝Ciel

文官の玲深は閨の作法を教える夜伽役として、若き王・烈雅に侍っている。しかし烈雅の玲深に対する執着は単なる伽役に対するそれを通り越していた。そのため正妃の怒りを買い、極刑を言い渡されるが…。愛されてはならない人に愛され、屈辱を受けてなお逃れられぬ――王×臣下の究極の愛の物語。

CHARADE BUNKO

スタイリッシュ&スウィートな男たちの恋満載

雛宮さゆらの本

それは、愛ゆえのどうしようもない病――

妲己の恋

～中華艶色譚～

イラスト＝MAM☆RU

十六歳で身を穢されたことがきっかけで男に抱かれずにはいられない体になってしまった莉星。その美貌と淫蕩さに妲己と綽名され、関わった男たちは破滅の道を辿ると噂されるように。そんな莉星が心密かに想うのは、実の兄・桂英。我が身を憂う莉星は前途有望な兄の障りになることを恐れ人攫い・皐赫のもとへ…。

CHARADE BUNKO

スタイリッシュ&スウィートな男たちの恋満載

吉田珠姫の本

ピジョン・ブラッド

享楽の陰に秘められた愛と憎しみの真実！

イラスト＝門地かおり

高校生の緋織は両性具有で、父と兄の異常な執着を受けて暮らしている。しかし、二人とも最後の一線だけは越えようとしない。欲情に火がついた躯を持て余し苦しむ緋織の前に現れたのは、仲間だと名乗る美青年・サフィール。導かれるまま初めて男を迎え入れ、天授の魔性を開花させた緋織は……。

CHARADE BUNKO

スタイリッシュ&スウィートな男たちの恋満載

真宮藍璃の本

おまえには政治の世界は危険すぎたようだな

愛欲連鎖

イラスト＝小路龍流

代議士の秀介と秘書の千尋は秘密の恋人同士。そこへ、消息不明だった秀介の弟・亮介が現れる。今までの不和を水に流したいという亮介を千尋は歓迎する。だが秀介との関係、さらに秘密を握られ、千尋はその身を貪られることに。秀介の監禁緊縛愛、亮介の背徳凌辱愛、兄弟の激しすぎる求愛——千尋が選ぶのは!?